古典詩歌研究彙刊

第十四輯

龔鵬程 主編

第8冊

劉克莊寫景詩研究

張　健　著

國家圖書館出版品預行編目資料

劉克莊寫景詩研究／張健 著 -- 初版 -- 新北市：花木蘭文化
出版社，2013〔民 102〕
序 2+ 目 16+222 面；17×24 公分
（古典詩歌研究彙刊 第十四輯；第 8 冊）
ISBN 978-986-322-451-8（精裝）
1.（宋）劉克莊 2. 宋詩 3. 詩評
820.91   102014984

ISBN-978-986-322-451-8

9 789863 224518

古典詩歌研究彙刊
第十四輯　第八冊　　　　　　ISBN：978-986-322-451-8

劉克莊寫景詩研究

作　　者　張　健
主　　編　龔鵬程
總 編 輯　杜潔祥
出　　版　花木蘭文化出版社
發 行 所　花木蘭文化出版社
發 行 人　高小娟
聯絡地址　235 新北市中和區中安街七二號十三樓
　　　　　電話：02-2923-1455／傳眞：02-2923-1452
網　　址　http://www.huamulan.tw 信箱 sut81518@gmail.com
印　　刷　普羅文化出版廣告事業
初　　版　2013 年 9 月
定　　價　第十四輯 17 冊（精裝）新台幣 24,000 元

劉克莊寫景詩研究

張　健　著

作者簡介

張健，著名詩人、散文家、評論家。

曾任台大中文系專任教授、外文研究所博士班教授、文化大學中文系專任教授、香港新亞研究所客座教授、馬來西亞新紀元學院中文系客座教授、武漢中南財經大學教授、中山大學、彰化師大、臺北藝術大學教授、藍星詩社主編、《現代文學》編輯委員、世界華文詩人協會創會理事、中國時報專欄作家、中央研究院中國文哲所訪問學人、文建會文藝創作班詩班主任、國家文藝獎、金鼎獎、金鐘獎、教育部文藝獎、中國時報文學獎等評審委員。現為台大中文系兼任教授。著有詩集、散文、小說、學術著作、傳記、影評等一百十餘種。

提　要

劉克莊的寫景詩一共有五百多首，景紅綠的《劉克莊詩歌研究》中，〈田園雜興類詩〉（頁 170～176）、〈紀行、遊覽類詩〉（頁 184～187）中的大部分，均屬此類，但他只用了六千字左右來論述，實嫌不足。

本書以求全的心態，儘量抉取劉集中之寫景詩，加以論評，成此一部詩歌研究著作。總數為四百八十八首。

本書基本上取材於北京中華書局辛更儒校注的《劉克莊集箋校》（2011 年版），另參商務印書館四部叢刊本《後村先生大全集》（1965 年版）。

全書分為七章：
一、詠山詩。
二、詠水詩。
三、亭園宅第詩。
四、寺廟詩。
五、古跡詩。
六、都城與鄉村詩。
七、道路旅途詩。

自　序

　　我在兩年前自中國文化大學二度退休（第一次是從台大）後，雖間或還在台灣大學授課及指導博士論文，但大致一切放下，專心享受人生，及撰寫古典詩研究的專書。

　　繼《唐詩與宋詩－載酒園詩話研究》（已收入花木蘭出版的古典詩歌研究彙刊第十二輯）和《劉克莊人物詩研究》（已收入古典詩歌彙刊第十三輯）之後，我又於日前完成了近十五萬字的這部《劉克莊寫景詩研究》，它是《劉克莊人物詩研究》的姊妹作。

　　宋人詩雖不如盛唐詩那麼風華絕代，但自有其特殊的理致和情韻，不可抹煞。我對劉克莊詩一向有興趣，現在不過是把個人的興趣傳導出來，以野人獻曝的精神供大家分享而已。

　　下一個計畫是《劉克莊詠物詩研究》，希望它也能順利地誕生。

　　此書撰寫過程中，辛更儒先生的《劉克莊集箋校》益我良多，謹此誌謝。

　　又，本書中之「寫景詩」，乃採取最廣義者。

張健于台大中文系民國 102 年春

目

次

自　序

劉克莊寫景詩研究 …………………………………………… 1

第一章　詠山詩 …………………………………………………… 3

　　一、北山作 ………………………………………………… 3

　　二、早行 …………………………………………………… 4

　　三、黃檗山 ………………………………………………… 4

　　四、蒜嶺 …………………………………………………… 4

　　五、蒜嶺夜行 ……………………………………………… 5

　　六、烏石山 ………………………………………………… 5

　　七、眞州北山 ……………………………………………… 6

　　八、西山 …………………………………………………… 6

　　九、書山壁 ………………………………………………… 7

　　十、烏石山 ………………………………………………… 7

　　十一、與客送仲白葬回登石室 …………………………… 8

　　十二、宿囊山懷岳二上人 ………………………………… 8

　　十三、訪辟支巖絕頂二僧值雨 …………………………… 9

　　十四、與客登壺山絕頂 …………………………………… 9

　　十五、瑞巖 ………………………………………………… 10

十六、平床嶺 ································· 10

十七、麥斜 ··································· 11

十八、蔡溪巖 ································· 11

十九、九座山 ································· 12

二十、西淙山觀雨 ····························· 12

二十一、宿山中之一 ··························· 13

二十二、宿山中之二 ··························· 13

二十三、宿山中之三 ··························· 13

二十四、宿山中之四 ··························· 13

二十五、宿山中之五 ··························· 14

二十六、宿山中之六 ··························· 14

二十七、宿山中之七 ··························· 14

二十八、宿山中之八 ··························· 15

二十九、宿山中之九 ··························· 15

三十、宿山中之十 ····························· 15

三十一、初宿囊山和方雲臺韵 ··················· 15

三十二、白鹿寺 ······························· 16

三十三、發枕峰 ······························· 16

三十四、謁南嶽 ······························· 17

三十五、黃罷嶺 ······························· 19

三十六、棲霞洞 ······························· 19

三十七、五月十七日游諸洞 ····················· 20

三十八、辰山 ································· 20

三十九、曾公巖 ······························· 21

四十、伏波巖 ································· 22

四十一、戴秀巖 ······························· 23

四十二、荔支巖 ······························· 24

四十三、佛子巖 ······························· 25

四十四、劉仙巖 ······························· 26

四十五、龍隱洞 ······························· 26

四十六、程公巖 ······························· 27

四十七、嚴關新洞 ····························· 27

四十八、乳洞 ································· 28

四十九、鏵觜⋯⋯⋯⋯⋯⋯⋯⋯⋯⋯⋯28

五十、書堂山⋯⋯⋯⋯⋯⋯⋯⋯⋯⋯29

五十一、石鼓⋯⋯⋯⋯⋯⋯⋯⋯⋯⋯30

五十二、夜登甘露山之一⋯⋯⋯⋯⋯30

五十三、夜登甘露山之二⋯⋯⋯⋯⋯31

五十四、中嶧⋯⋯⋯⋯⋯⋯⋯⋯⋯⋯31

五十五、陪西山遊鼓山⋯⋯⋯⋯⋯⋯31

五十六、鼓山用餘干趙相韻⋯⋯⋯⋯33

五十七、新蓬二嶺⋯⋯⋯⋯⋯⋯⋯⋯33

五十八、九日登闢支巖過丁元暉給事墓及
　　　　仲弟新阡三首之一⋯⋯⋯⋯34

五十九、九日登闢支巖過丁元暉給事墓及
　　　　仲弟新阡二首之二⋯⋯⋯⋯34

六十、辛亥三月九日宿囊山⋯⋯⋯⋯35

六十一、送日老住九座山⋯⋯⋯⋯⋯35

六十二、余平生不至廬山，六月廿八日，
　　　　夜夢同孫季蕃遊焉。林木參天，
　　　　瀑聲如雷。山中物色良是，一刹
　　　　甚幽邃。傍人告曰：「此有不出院
　　　　僧。」余與季蕃欣然訪之，語未終
　　　　而覺，將曉矣，窗外簷溜淋浪，記
　　　　以二詩⋯⋯⋯⋯⋯⋯⋯⋯⋯36

六十三、同上題之二⋯⋯⋯⋯⋯⋯⋯36

六十四、登封泰山⋯⋯⋯⋯⋯⋯⋯⋯37

六十五、寄題小孤山二首之一⋯⋯⋯37

六十六、寄題小孤山二首之二⋯⋯⋯38

六十七、與林中書李禮部同宿囊山三首之一38

六十八、同上題之二⋯⋯⋯⋯⋯⋯⋯38

六十九、同上題之三⋯⋯⋯⋯⋯⋯⋯39

七十、辟支巖⋯⋯⋯⋯⋯⋯⋯⋯⋯⋯39

七十一、再和宿囊山三首⋯⋯⋯⋯⋯40

七十二、同上題之二⋯⋯⋯⋯⋯⋯⋯40

七十三、同上題之三⋯⋯⋯⋯⋯⋯⋯41

七十四、紫雲洞⋯⋯⋯⋯⋯⋯⋯⋯⋯41

七十五、石室 ⋯⋯⋯⋯⋯⋯⋯⋯⋯⋯⋯⋯⋯ 41

七十六、上昇壇 ⋯⋯⋯⋯⋯⋯⋯⋯⋯⋯⋯ 42

七十七、仙龜蛇山 ⋯⋯⋯⋯⋯⋯⋯⋯⋯⋯ 42

七十八、朝斗石 ⋯⋯⋯⋯⋯⋯⋯⋯⋯⋯⋯ 42

七十九、仙鶴影 ⋯⋯⋯⋯⋯⋯⋯⋯⋯⋯⋯ 42

八十、雙鯉石 ⋯⋯⋯⋯⋯⋯⋯⋯⋯⋯⋯⋯ 43

八十一、棋盤石 ⋯⋯⋯⋯⋯⋯⋯⋯⋯⋯⋯ 43

八十二、丹竈 ⋯⋯⋯⋯⋯⋯⋯⋯⋯⋯⋯⋯ 43

八十三、濟貧笋 ⋯⋯⋯⋯⋯⋯⋯⋯⋯⋯⋯ 44

八十四、無盡泉 ⋯⋯⋯⋯⋯⋯⋯⋯⋯⋯⋯ 44

八十五、紫磨石 ⋯⋯⋯⋯⋯⋯⋯⋯⋯⋯⋯ 44

八十六、獅子峰 ⋯⋯⋯⋯⋯⋯⋯⋯⋯⋯⋯ 44

八十七、象王峰 ⋯⋯⋯⋯⋯⋯⋯⋯⋯⋯⋯ 45

八十八、補陀巖 ⋯⋯⋯⋯⋯⋯⋯⋯⋯⋯⋯ 45

八十九、羅漢台 ⋯⋯⋯⋯⋯⋯⋯⋯⋯⋯⋯ 45

九十、半山亭 ⋯⋯⋯⋯⋯⋯⋯⋯⋯⋯⋯⋯ 46

九十一、洗耳泉 ⋯⋯⋯⋯⋯⋯⋯⋯⋯⋯⋯ 46

九十二、次兩紫薇共游黃蘗韵 ⋯⋯⋯⋯⋯ 46

九十三、壺山一首 ⋯⋯⋯⋯⋯⋯⋯⋯⋯⋯ 47

第二章　詠水詩 ⋯⋯⋯⋯⋯⋯⋯⋯⋯⋯⋯⋯ 49

一、第三龍湫 ⋯⋯⋯⋯⋯⋯⋯⋯⋯⋯⋯⋯ 49

二、漁梁 ⋯⋯⋯⋯⋯⋯⋯⋯⋯⋯⋯⋯⋯⋯ 49

三、豫章溝二首之一 ⋯⋯⋯⋯⋯⋯⋯⋯⋯ 50

四、豫章溝二首之二 ⋯⋯⋯⋯⋯⋯⋯⋯⋯ 50

五、歸至武陽渡 ⋯⋯⋯⋯⋯⋯⋯⋯⋯⋯⋯ 50

六、方湖泛舟得南字 ⋯⋯⋯⋯⋯⋯⋯⋯⋯ 51

七、方寺丞艇子初成 ⋯⋯⋯⋯⋯⋯⋯⋯⋯ 51

八、孟夏泛方湖得同字 ⋯⋯⋯⋯⋯⋯⋯⋯ 52

九、又得湖字 ⋯⋯⋯⋯⋯⋯⋯⋯⋯⋯⋯⋯ 52

十、宿千歲庵龍泉 ⋯⋯⋯⋯⋯⋯⋯⋯⋯⋯ 52

十一、題方寺丞西山瀑布亭 ⋯⋯⋯⋯⋯⋯ 53

十二、別翁定宿瀑上 ⋯⋯⋯⋯⋯⋯⋯⋯⋯ 53

十三、溪西 ⋯⋯⋯⋯⋯⋯⋯⋯⋯⋯⋯⋯⋯ 54

十四、鯉湖 ……………………………………… 54

十五、擷陽塘 …………………………………… 55

十六、夜飲方湖 ………………………………… 55

十七、瀑上值雨 ………………………………… 56

十八、七月二十日自瀑上先歸，方寺丞遺詩，
　　　誇雷雨之壯，次韵一首 ……………… 57

十九、和方孚若瀑上種梅五首之一 ………… 57

二十、前題之二 ………………………………… 58

二十一、前題之三 ……………………………… 58

二十二、前題之四 ……………………………… 58

二十三、前題之五 ……………………………… 59

二十四、賦淙瀑布得斷字 …………………… 59

二十五、橫塘 …………………………………… 60

二十六、蒜溪 …………………………………… 60

二十七、十月二十二日夜同方寺丞宿瀑讀
　　　　劉賓客集 …………………………… 61

二十八、游水南一首 …………………………… 61

二十九、宿別瀑上二首之一 ………………… 61

三十、宿別瀑上二首之一 …………………… 62

三十一、湘江一首 ……………………………… 62

三十二、游水東諸洞次同游韵之一 ……… 62

三十三、訾家洲之二 …………………………… 63

三十四、泛西湖 ………………………………… 63

三十五、琴潭 …………………………………… 64

三十六、愚溪之一 ……………………………… 65

三十七、愚溪之二 ……………………………… 65

三十八、浯溪之一 ……………………………… 65

三十九、浯溪之二 ……………………………… 66

四十、壽溪 ……………………………………… 66

四十一、漁梁 …………………………………… 67

四十二、豐湖之一 ……………………………… 67

四十三、豐湖之二 ……………………………… 67

四十四、豐湖之三 ……………………………… 68

四十五、羅湖八首之一 ……………………… 68

四十六、羅湖八首之二 ………………………… 69

四十七、羅湖八首之三 ………………………… 69

四十八、羅湖八首之四 ………………………… 69

四十九、羅湖八首之五 ………………………… 70

五十、羅湖八首之八 …………………………… 70

五十一、藥洲四首之一 ………………………… 70

五十二、藥洲四首之四 ………………………… 71

五十三、十五里沙 ……………………………… 71

五十四、三月二十一日泛舟十絕之四 ………… 72

五十五、泳瀟湘八景各一首之一：遠浦帆歸 … 72

五十六、平沙雁落 ……………………………… 72

五十七、山市晴嵐 ……………………………… 72

五十八、漁村夕照 ……………………………… 73

五十九、洞庭秋月 ……………………………… 73

六十、瀟湘夜雨 ………………………………… 73

六十一、煙寺晚鐘 ……………………………… 73

六十二、江天暮雪 ……………………………… 74

六十三、二月初七日壽溪十絕之一 …………… 74

六十四、同題之三 ……………………………… 74

六十五、同題之四 ……………………………… 75

六十六、同題之五 ……………………………… 75

六十七、同題之十 ……………………………… 75

六十八、扁舟五湖 ……………………………… 75

六十九、志仁監簿示五言十五韻夸徐潭之勝

次韻一首 …………………………… 76

七十、紀游十首之二 …………………………… 77

七十一、池上對月五首之五 …………………… 77

第三章　亭園宅第 …………………………………… 79

一、南浦亭寄所思 ……………………………… 79

二、鳳凰台晚朓 ………………………………… 79

三、雨華台 ……………………………………… 80

四、新亭 ………………………………………… 80

五、故宅 ………………………………………… 81

六、碧波亭 ……………………………………… 81

七、田舍 …………………………………… 82

八、下蜀驛 ………………………………… 82

九、小齋 …………………………………… 83

十、滄浪館夜歸二首之一 ………………… 83

十一、滄浪館夜歸二首之二 ……………… 83

十二、書小窗所見 ………………………… 83

十三、海口官舍 …………………………… 84

十四、憶眞州梅園 ………………………… 84

十五、夾漈草堂 …………………………… 85

十六、小園即事之一 ……………………… 85

十七、同題之二 …………………………… 85

十八、午窗 ………………………………… 86

十九、題齋壁 ……………………………… 86

二十、書田舍所見 ………………………… 86

二十一、宿莊家二首之一 ………………… 87

二十二、同題之二 ………………………… 87

廿三、夢賞心亭 …………………………… 87

廿四、詩境樓觀月 ………………………… 88

廿五、秋望之二 …………………………… 88

廿六、題鍾賢良詠歸堂 …………………… 88

廿七、環翠閣 ……………………………… 89

廿八、醴陵客店 …………………………… 89

廿九、湘南樓 ……………………………… 90

三十、慈氏閣 ……………………………… 90

卅一、脩然亭 ……………………………… 91

卅二、秋日會遠華館呈胡仲威 …………… 91

卅三、八桂堂呈葉潛仲 …………………… 92

卅四、榕溪閣 ……………………………… 93

卅五、禊亭 ………………………………… 93

卅六、簪帶亭 ……………………………… 94

卅七、榕台之一 …………………………… 94

卅八、榕台之二 …………………………… 94

卅九、訪李公晦山居 ……………………… 95

四十、戲書客舍 …………………………… 95

四十一、林容州別墅 …………………………… 96

四十二、黃田人家別墅繚山種海棠爲賦二絕
　　　　之一 ……………………………………… 97

四十三、同題之二 …………………………………… 97

四十四、李園有懷孚若 ……………………………… 97

四十五、敖器之宅子落成 …………………………… 98

四十六、西樓 ………………………………………… 98

四十七、貧居自警三首之一 ………………………… 99

四十八、同題之二 …………………………………… 99

四十九、同題之三 …………………………………… 99

五十、出宿環碧 …………………………………… 100

五十一、環碧甚寒移宿客邸 ……………………… 100

五十二、田舍即事十首之一 ……………………… 101

五十三、同題之二 ………………………………… 101

五十四、同題之三 ………………………………… 101

五十五、同題之四 ………………………………… 101

五十六、同題之五 ………………………………… 102

五十七、同題之六 ………………………………… 102

五十八、同題之七 ………………………………… 102

五十九、同題之八 ………………………………… 103

六十、同題之九 …………………………………… 103

六十一、同題之十 ………………………………… 103

六十二、丁酉重九日宿順昌步雲閣絕句七首
　　　　呈味道明府之一 ………………………… 104

六十三、同題之二 ………………………………… 104

六十四、同題之三 ………………………………… 105

六十五、同題之四 ………………………………… 105

六十六、同題之五 ………………………………… 105

六十七、同題之六 ………………………………… 105

六十八、同題之七 ………………………………… 106

六十九、梅州楊守鐵庵 …………………………… 106

七十、梅州重建中和堂 …………………………… 107

七十一、洛陽橋三首之一 ………………………… 107

七十二、同題之三 ………………………………… 107

七十三、越台 ………………………………… 108

七十四、浴日亭 ……………………………… 108

七十五、白鶴故居 …………………………… 109

七十六、六如亭 ……………………………… 109

七十七、再題六如亭。余既修廢墓，六仆碑，
　　　　或者未解意。明年北歸，賦此解嘲 110

七十八、題小室二首之一 …………………… 110

七十九、同題之二 …………………………… 110

八十、三月二十五日飲方校書園十絕之一 … 111

八十一、同題之二 …………………………… 111

八十二、同題之三 …………………………… 112

八十三、同題之四 …………………………… 112

八十四、同題之五 …………………………… 112

八十五、同題之六 …………………………… 112

八十六、同題之七 …………………………… 113

八十七、同題之八 …………………………… 113

八十八、同題之九 …………………………… 113

八十九、同題之十 …………………………… 114

九十、送葉士龍竹林精舍 …………………… 114

九十一、題宋謙父四時佳致樓 ……………… 114

九十二、題羅亨祖叢菊隱居 ………………… 115

九十三、小圃有雙蓮，夏芙蓉之喜，文字祥
　　　　也。各賦一詩，爲宗族親朋聯名得
　　　　雋之讖之一 ……………………… 115

九十四、同題之二 …………………………… 116

九十五、病起窺園十絕之一 ………………… 116

九十六、同題之二 …………………………… 117

九十七、同題之三 …………………………… 117

九十八、同題之四 …………………………… 117

九十九、同題之五 …………………………… 118

一百、同題之六 ……………………………… 118

一〇一、同題之七 …………………………… 118

一〇二、同題之八 …………………………… 118

一○三、同題之九 ·· 119

一○四、同題之十 ·· 119

一○五、小園即事五首之一 ································· 119

一○六、同題之二 ·· 120

一○七、同題之三 ·· 120

一○八、同題之四 ·· 121

一○九、同題之五 ·· 121

一一○、門外 ··· 121

一一一、門前榕樹 ·· 122

一一二、燈夕守舍 ·· 122

一一三、村居即事六言十首之一 ······················· 123

一一四、同題之二 ·· 123

一一五、同題之三 ·· 123

一一六、同題之四 ·· 123

一一七、同題之五 ·· 124

一一八、同題之六 ·· 124

一一九、同題之七 ·· 124

一二○、同題之八 ·· 125

一二一、同題之九 ·· 125

一二二、同題之十 ·· 126

一二三、寄題楊懋卿孝感堂 ······························· 126

一二四、田舍即事十首之一 ································· 126

一二五、田舍即事十首之二 ································· 127

一二六、同題之三 ·· 127

一二七、同題之四 ·· 127

一二八、同題之五 ·· 128

一二九、同題之六 ·· 128

一三○、同題之七 ·· 129

一三一、同題之八 ·· 129

一三二、同題之九 ·· 129

一三三、同題之十 ·· 130

一三四、陪宋侯趙倅過倉部弟家園賓主有
　　　　詩次韵二首之二 ································ 130

一三五、延平湯使君惠雙溪棲記跋以小詩 … 131

一三六、登單于台 ……………………… 131

一三七、田舍二首之一 …………………… 132

一三八、同題之二 ………………………… 132

一三九、寄題竹溪平遠軒 ………………… 133

一四〇、壬戌首春十九日鎖宿玉堂四絕之一 133

一四一、同題之二 ………………………… 133

一四二、同題之三 ………………………… 134

一四三、同題之四 ………………………… 134

一四四、寄題上饒方氏野堂 ……………… 135

一四五、西齋 ……………………………… 135

一四六、錦湖新亭告成，宸翰大書水村二字
　　　　以落之。二詩輒附賀客之後之一 135

一四七、題高端禮竹屋 …………………… 136

一四八、寄題徐候雨山堂 ………………… 137

一四九、田舍一首 ………………………… 137

一五〇、寢室二絕之一 …………………… 138

一五一、同題之二 ………………………… 138

一五二、碧溪草堂六言二首 ……………… 139

一五三、同題之二 ………………………… 139

一五四、聽雨樓 …………………………… 139

一五五、格軒 ……………………………… 140

一五六、田舍二首之一 …………………… 141

一五七、同題之二 ………………………… 141

一五八、牆西一首 ………………………… 141

一五九、蝶庵一首 ………………………… 142

一六〇、題達卿侄別墅 …………………… 142

第四章　寺廟道觀 …………………………… 145

一、小寺 …………………………………… 145

二、夜過瑞香庵作 ………………………… 145

三、幽居寺 ………………………………… 146

四、天目寺 ………………………………… 146

五、鐵塔寺 ………………………………… 147

六、雪峰寺 ……………………………………………… 147

七、蓋竹廟 ……………………………………………… 148

八、晉元帝廟 …………………………………………… 148

九、清涼寺 ……………………………………………… 149

十、臨溪寺二首之一 …………………………………… 149

十一、同題之二 ………………………………………… 150

十二、題寺壁二首之一 ………………………………… 150

十三、同題之二 ………………………………………… 150

十四、跋小寺舊題 ……………………………………… 151

十五、報恩寺 …………………………………………… 151

十六、華嚴寺逢舊蒼頭 ………………………………… 152

十七、蒙恩監南嶽廟 …………………………………… 152

十八、空寂院 …………………………………………… 152

十九、紫澤觀 …………………………………………… 153

二十、靈寶道院 ………………………………………… 154

二十一、東巖寺避暑 …………………………………… 154

二十二、方寺丞除雲台觀 ……………………………… 155

二十三、瑞峰寺 ………………………………………… 155

二十四、祺山院 ………………………………………… 155

二十五、西林寺 ………………………………………… 156

二十六、香山寺 ………………………………………… 156

二十七、鐵塔院 ………………………………………… 157

二十八、華嚴知客寮 …………………………………… 157

二十九、黃藥寺一首 …………………………………… 158

三十、白鹿寺 …………………………………………… 158

三十一、勝業寺 ………………………………………… 159

三十二、舜廟 …………………………………………… 159

三十三、堯廟 …………………………………………… 160

三十四、千山觀 ………………………………………… 160

三十五、清惠廟 ………………………………………… 161

三十六、玄山觀 ………………………………………… 161

三十七、眞隱寺 ………………………………………… 161

三十八、枕峰寺 ………………………………………… 162

三十九、寄題邵武死事胡將祠堂 ……………… 162
四十、寄題沙縣死事祝將祠堂 …………………… 163
四十一、朱買臣廟 ………………………………… 163
四十二、徐偃王廟 ………………………………… 164
四十三、馮唐廟 …………………………………… 165
四十四、宿小寺觀主僧陞座一首 ……………… 165
四十五、靈著祠 …………………………………… 165
四十六、韓祠三首之一 …………………………… 166
四十七、同題之二 ………………………………… 166
四十八、同題之三 ………………………………… 167
四十九、白雲庵 …………………………………… 167
五十、叱馭庵 ……………………………………… 168
五十一、風旛堂二首之一 ………………………… 168
五十二、同題之二 ………………………………… 169
五十三、羊城使者廟 ……………………………… 169
五十四、蒲澗寺 …………………………………… 169
五十五、唐博士祠 ………………………………… 170
五十六、題汪道士雲庵 …………………………… 170
五十七、溪庵十首之一 …………………………… 171
五十八、同題之四 ………………………………… 171
五十九、同題之五 ………………………………… 172
六十、同題之八 …………………………………… 172
六十一、同題之九 ………………………………… 173
六十二、山中祠堂 ………………………………… 173
六十三、九日遊華嚴寺二首之一 ……………… 174
六十四、同題之二 ………………………………… 174
六十五、船子和尚遺跡在華亭朱涇之間，
　　　　圭上人即其所誅茅，名西亭精舍，
　　　　介竹溪求詩於余，寄題三絕之二 … 175
六十六、同題之三 ………………………………… 175
六十七、戲題山庵二首之一 ……………………… 176
六十八、同題之二 ………………………………… 176
六十九、白湖廟二十韵 …………………………… 176

第五章　古　跡 179

　　一、古墓 179

　　二、下蜀驛 179

　　三、觀元祐黨籍碑 180

　　四、上冢 180

　　五、中峰先塋 181

　　六、謝墳 181

　　七、東坡故居之一 181

　　八、同題之二 182

　　九、墮淚碑 182

　　十、杏壇 183

　　十一、古墓 183

　　十二、題海陵徐神翁墓 184

第六章　城市與鄉村 185

　　一、揚州作 185

　　二、瓜洲城 185

　　三、冶城 186

　　四、出郭 187

　　五、深村 187

　　六、興化縣 187

　　七、仙游縣 188

　　八、空村 188

　　九、海口之一 189

　　十、海口之二 189

　　十一、海口之三 190

　　十二、嵩溪驛 190

　　十三、館頭 190

　　十四、發臨川 191

　　十五、自撫至袁，連日雨霰風雪一首 192

　　十六、安仁驛 192

　　十七、萍鄉 193

　　十八、發嶽市之一 193

　　十九、同題之二 193

二十、同題之三 …………………………………… 194
二十一、祁陽縣 …………………………………… 194
二十二、零陵 ……………………………………… 195
二十三、深溪驛 …………………………………… 195
二十四、全州 ……………………………………… 196
二十五、炎關 ……………………………………… 196
二十六、秦城 ……………………………………… 196
二十七、湘中口占之三 …………………………… 197
二十八、豫章之一 ………………………………… 197
二十九、同題之二 ………………………………… 197
三十、建州 ………………………………………… 198
三十一、入浙 ……………………………………… 198
三十二、壽昌 ……………………………………… 199
三十三、桐廬 ……………………………………… 199
三十四、富陽 ……………………………………… 199
三十五、大梁老人行 ……………………………… 200
三十六、泉州南郭二首之一 ……………………… 200
三十七、同題之二 ………………………………… 201
三十八、同安 ……………………………………… 201
三十九、木綿鋪 …………………………………… 201
四十、扶胥三首之一 ……………………………… 202
四十一、同題之二 ………………………………… 202
四十二、同題之三 ………………………………… 202
四十三、登城五首之五 …………………………… 203
四十四、送陳霆之官連州 ………………………… 203
四十五、石塘感舊十首之三 ……………………… 204
四十六、同題之七 ………………………………… 204
四十七、過建陽 …………………………………… 204
四十八、春旱忽雨五絕之三 ……………………… 205
四十九、小桃源 …………………………………… 205
第七章　道路旅途 ………………………………… 207
一、武步道中 ……………………………………… 207
二、浦城道中 ……………………………………… 207

三、客過 ………………………………………………… 208

四、郊行 ………………………………………………… 208

五、野望 ………………………………………………… 209

六、崇化麻沙道中 ……………………………………… 209

七、湘潭道中即事之一 ………………………………… 209

八、同題之三 …………………………………………… 210

九、衡永道中之一 ……………………………………… 210

十、同題之二 …………………………………………… 210

十一、出城之一 ………………………………………… 211

十二、同題之二 ………………………………………… 211

十三、郊行 ……………………………………………… 211

十四、祁陽道中 ………………………………………… 211

十五、湖南江西道中之二 ……………………………… 212

十六、同題之三 ………………………………………… 212

十七、同題之五 ………………………………………… 212

十八、同題之六 ………………………………………… 213

十九、同題之八 ………………………………………… 213

二十、道傍梅花 ………………………………………… 213

二十一、懷安道中 ……………………………………… 214

二十二、出都 …………………………………………… 214

二十三、路旁桃樹 ……………………………………… 214

二十四、馬上口占 ……………………………………… 215

二十五、橋西 …………………………………………… 215

二十六、同鄭君瑞出瀨溪即事十首之四 ……… 215

二十七、離郡五絕之三 ………………………………… 216

二十八、龍溪道中 ……………………………………… 216

二十九、潮惠道中 ……………………………………… 216

三十、循梅路口四首之一 ……………………………… 217

三十一、同題之二 ……………………………………… 217

三十二、同題之三 ……………………………………… 218

三十三、同題之四 ……………………………………… 218

三十四、將至海豐 ……………………………………… 218

總結語 …………………………………………………… 221

劉克莊寫景詩研究

張　健

劉克莊是南宋末的一位重要詩人。就全宋而言，他也可以列入十大詩人之一。

克莊生於西元 1187 年，卒於 1269 年，享年八十三歲。字潛夫，號後村，福建莆田人。初名灼，嘉定二年（西元 1209 年，克莊二十三歲）以郊恩奏補將仕郎，改今名，曾任江西提舉等職，歷官兵部侍郎、工部尚書兼侍讀等職。晚年因諂事賈似道，爲世人所譏。咸淳四年（西元 1268 年），特加龍圖閣學士，旋卒，諡文定。

克莊兼能文、詩、詞，詩論亦自成體系，影響頗大，爲當時文壇宗主。葉適稱他爲「中興一大家數」（〈題劉潛夫南嶽集稿〉）其詩被與陸游、楊萬里合稱爲「渡江三大家」（陸文圭〈苕石先生效顰集跋〉）。吾以爲南宋五大詩人允爲陳與義、陸游、楊萬里、范成大、劉克莊。

克莊一生，有四千五百餘首詩作，題材廣泛，兼具陽剛及婉約的風格。其中不乏憂時感世之作。今人景紅綠之《劉克莊詩歌研究》（上海古籍出版社，2007 年 8 月出版），有〈時事類詩〉一節論述之，頗爲得體。（頁 156～170）。

他的人物詩共有四百餘首，本人已撰成《劉克莊人物詩研究》一書，由花木蘭出版公司出版（2013 年 3 月）。本書乃繼上書所推出的「續作」。

　　劉克莊的寫景詩一共有五百多首，景紅綠的《劉克莊詩歌研究》中，〈田園雜興類詩〉（頁 170～176）、〈紀行、遊覽類詩〉（頁 184～187）中的大部分，均屬此類，但他只用了六千字左右來論述，實嫌不足。

　　本書以求全的心態，儘量抉取劉集中之寫景詩，加以論評，成此一部詩歌研究著作。總數爲四百八十八首。

　　本書基本上取材於北京中華書局辛更儒校注的《劉克莊集箋校》（2011 年版），另參商務印書館四部叢刊本《後村先生大全集》（1965 年版）。

　　全書分爲七章：

　　一、詠山詩。

　　二、詠水詩。

　　三、亭園宅第詩。

　　四、寺廟詩。

　　五、古跡詩。

　　六、都城與鄉村詩。

　　七、道路旅途詩。

第一章　詠山詩

一、北山作

　　骨法枯閒甚，惟堪作隱君。山行忘路脈，野坐認天文。字
　　瘦偏題石，詩寒半說雲。近來仍喜曠，閒事不曾聞。（卷一，
　　頁 7）

　　按北山：福建興化府治（即今莆田市）之北，有北亭山，北五里
有陳巖山，又稱九華山，即烏山，此處所謂北山，或指烏山。

　　又按《史記‧淮陰侯列傳》有「貴賤在於骨法」之說，首句乃自
謙之詞。按此詩作於克莊丁外艱服制期間，時爲嘉定六年（西元 1213
年），他才二十七歲，卻已說「惟堪作隱君」的話來，恐怕有一點言
不由衷吧。

　　三、四兩句爲自然流走的流水對：「山行」、「野坐」自得而恰切；
「路脈」、「天文」亦對得平實。

　　五、六兩句則巧而有味。六句詩寒說雲，加一「半」字作襯，甚
爲風流。

　　末二句意思亦好：「喜曠」，應爲老者之言，少年克莊著此二字，
或可與二句對應，而末五字也正恰到好處地詮釋了「喜曠」二字。

　　題爲詠山，其實抒己。

二、早行

> 店嫗明燈送，前村認未眞。山頭雲似雪，陌上樹如人。漸覺高星少，才分遠燒新。何須看堠子？來往暗知津。（卷一，頁8）

此詩亦作於嘉定六年。

本詩看似只是行旅詩，其實至少有二句寫山景：「山頭雲似雪」，似凡實奇；「才分遠燒新」，「遠燒」指山上的霞色，或解作野火。王維〈河南嚴尹弟見宿弊廬〉：「寒山遠燒紅。」可爲旁證。

全詩清朗可誦。首句以店嫗明燈始，「明燈」下應「高星」、「遠燒」。次句「認未眞」眞切。三、四「雲似雪」、「樹如人」別見風致。五、六「漸覺」、「才分」對仗得恰切。七句堠子爲分界標誌，上承「何須看」，下接「來往暗知津」，便有詩意，且上承次句「認未眞」三字。

全詩綿密而自得。

三、黃檗山

> 出縣半程遙，松間認粉標。峰排神女峽，寺創德宗朝。鶴老巢高木，僧寒曬墮樵。早知人世淡，來往退居寮。（同上）

詩亦作於嘉定六年。

黃檗山在福清縣西南三十里，林巒重複，有瀑布龍潭。有佛座、香鑪數峰。

退居寮，克莊〈爲圃〉中有句：「譬如僧葺退居寮。」可見是隱居之所。

首二句簡介黃檗山，有地點，有風物。

三句似以三峽之神女峽相喻，四句說明建寺時間。

五句寫動物，高木即二句之松。六句描人：「曬墮樵」別有雅趣。

七、八似悟道之言：因淡而退，「來往」二字灑脫。

四、蒜嶺

> 到此思家切，寒衣半淚痕。燒餘山頂秀，潮至海波渾。僕

怕昏無店，人聞近有村。吾生輸野老，笑語掩柴門。（卷一，
頁 13）

此詩作於嘉定九年，上年丁憂終制，任福州右理曹，旋改眞州錄
參，此乃由福州回莆田時所作。

蒜嶺在福清縣西南光賢里，山石間多產蒜苗，故名。或謂山形如
蒜瓣狀，因名。東望漲海，彌漫無際。

首二句寫他歸鄉半途的感受，「寒衣半淚痕」五字頗富概括性。

三、四以「山頂禿」、「海波渾」相對，親切自然。

五、六句寫實，但以「人」對「僕」，未免平弱之失。

七、八句以野老之笑語掩門自貶，心中企慕之情自然可覩。

其實寫山只一句，海潮一句用以烘托耳。

五、蒜嶺夜行

嶺頭無復一人來，漁火收燈戶不開。松氣滿山涼似雨，海
聲中夜近如雷。擬披醉髮橫簫去，只寄鄉書與劍迴。他日
有人傳肘後，尚堪收拾作詩材。（卷一，頁 31～32）

此詩用前四句寫嶺上光景：首二句寫無：無人、無燈、戶不開。
三、四句寫有：松氣涼，「似雨」爲喻；海聲響，「如雷」爲喻。而雷
雨本爲一族。

五句「醉髮」妙，六句之「鄉書」與劍，上配簫聲，詩意盎然。

末二句只是餘波。

六、烏石山

客子家山亦此峰，可堪投宿聽疏鐘？旋沽村酒開霜柿，欲
訪禪扉隔暮松。鄉信寫成無便寄，寒衣著綻倩人縫。遠來
只爲營瓜圃，不是貪渠萬戶封。（卷一，頁 37）

烏石山，在興化府城東北，洪武十二年關城，圍其半在城內，上
有東巖寺，並石浮屠。一曰在莆田縣城西北。

首句開宗明義：此山爲「客子家山」，意謂此山可愛可親。次句

足成此意，而用一問句，更添風致。

三、四句寫山中生活：沽酒開柿，訪禪賞松。

五句之「無便寄」甚妙，「便」或為「使」之誤？六句平實，却煞有人間味。

七、八句又是餘波，末句稍著痕跡。

七、眞州北山

憶昔胡兒入控絃，官軍迎戰北山邊。笳簫有主安新葬，蓑笠無人墾廢田。兵散荒營吹戍笛，僧從敗屋起茶烟。遙憐鍾阜諸峰好，閑鎖行宮九十年。（卷一，頁53）

眞州北山，即江蘇儀徵縣焦家山，其山頂有壯觀亭，有米芾題字。山在縣北五里。

按宋高宗於紹興八年自建康府還臨安，後因金主亮南侵而於紹興三十一年有短暫親征，至於建康行宮，其後歷孝、光、寧三朝，輦轂未曾稍去行在，故建康府為南宋行宮至此蓋已八十餘年，九十年乃取其整數。

首二句直敘當年與金兵戰事。

三句用笳簫代哀樂，對四句之「蓑笠」（代農民）。新葬、廢田，煞費經營。

五、六兩句上應三四，笛猶笳簫，僧切「無人」。「起茶煙」對襯「墾廢田」。

七、八句由大自然之美好對比人世之滄桑，國家之衰亡。

全詩未寫山姿，只寫山中山外之人況。

八、西山

絕頂遙知有隱君，餐芝種朮鹿爲群。多應午竈茶煙起，山下看來是白雲。（卷一，頁67）

西山，在江西南昌縣西三十餘里，高二千丈，環周三百里，自爲一山，不與諸山相接。

首句直陳主角之居處。

次句寫他的生活：以三個動作貫串而成。二為植物、一為動物；三個動詞：餐、種、為群，仔細思之，其實性質相近。

三句再添茶煙，四句喻以白雲。

三、四句中有「山下看來」，暗示此位隱君之鶴立雞群，與芸芸眾生迥然不同。

回頭再看首二字「絕頂」，便知此中自有象徵之意涵矣。

寫山乎？實寫人。不題曰「隱君」，而曰「西山」，蓋山人合一也。萬曆《南昌府志》卷三所謂「自為一山，不與諸山相接。」不正是冥冥中老天為此隱君設局嗎？

九、書山壁

斸地栽林自起墳，一燈精舍疏玄文。詩成莫寫酒家壁，題徧青山題白雲。（卷一，頁74）

首句謂山野隱者的生活，以三動作起興全詩。

次句又補出寫文章（含作詩）一件大事。

三、四句一轉，莫寫酒家壁上，是免於流俗。

四句之青山、之白雲，均為大自然的代表：一在地面上，一在天空中。

此詩其實並不是正面寫山，乃是借青山言志，但題為「書山壁」，則亦是山緣山情山事矣。書山壁者，以青山代酒家之牆壁也。

十、烏石山

兒時逃學頻來此，一一重尋盡有蹤。因瀧戲魚群下水，緣敲響石鬥登峰。熟知舊事惟鄰叟，催去韶華是暮鐘，畢竟世間何物壽？寺前雷仆百年松。（卷二：頁82）

此詩作於嘉定十二年（西元 1219 年）以後，克莊自江淮幕府監南嶽廟。南嶽廟在衡山赤帝峰下。

首二句直寫往事與今蹤。「逃學」、「重尋」恍若對仗，「一一」亦

有滋味。「頻」、「盡」恰好對擎。

三、四拈舉戲水、登山二事，寫得有聲有色，魚、石爲鮮明配角。

五、六句一人一鐘：鄰叟或當遊伴，暮鐘警示光陰之易逝。

末兩句忽然灑開：世間何物長壽？連古松亦被巨雷擊倒矣。

全詩未著墨鳥石山之形貌（末句可算例外），但藉由自己的回憶和眼前即景，把山的神氣都展示出來了。

十一、與客送仲白葬回登石室

> 絕頂荒寒斷客過，偶携之子共捫蘿。縱觀天外皆鯨侵，下
> 視城中等蝗窠。悼友孤懷方濩落，逢僧逆境暫銷磨。夜歸
> 剩乞松明火，霜滿前山滑處多。（卷二，頁95）

按趙仲白卒於嘉定十二年二月，十一月葬於城西七里甘露山，應是克莊同鄉好友。甘露山在興化府城西，而石室山亦在城西三里，與天馬山相連帶。

首二句寫山景及己與客之行動。荒寒、捫蘿，前後呼應。

三句寬廣，四句高瞻俯望。

五句低沉，六句稍升。

七句寫歸途，八句繼之。「滑處多」平實，或有言外之意。

由「荒寒」到「霜滿」，一氣貫下。

仍然是寫山處少於記事抒情。

十二、宿囊山懷岳二上人

> 憶在山中識二僧，一亡一已拂衣行。壁間笠徙名藍掛，寺
> 外松過壽塔生。隴月定知今夕恨，澗泉猶咽舊時聲。隔房
> 侍者多新剃，不似閒人却有情。（卷二，頁99）

此亦嘉定十二年後的作品。

囊山在莆田延壽里，形如懸囊，亦名土囊。有辟支巖，其中可容數塌。旁有八小石負之，玲瓏明徹，如窗櫺然。

洪上人爲辟支巖長老，岳二不可考，或亦其中之和尚。

首二句開門見山，約略介紹二僧去蹤。

三句承上而以意象示知讀者，四句巧對，壽塔扣住「一亡」。

五、六兩句只說一意，但依約委婉，有色（月）有聲（泉聲）。

末二句是敘事，亦是抒情，自稱「閑人」，對比眾僧之忘情去慾，但「多新剃」三字中，亦寓今昔之慨。

仍是寫山處少。

十三、訪辟支巖絕頂二僧值雨

> 聞有比丘隱絕巔，多年無跡下山前。僧稱功行幾如佛，樵說神通復如仙。食少僅炊盈握米，身寒不掛半銖綿。重巖風雨妨游涉，回眺蒼煙一惘然。（卷二，頁100）

此二僧是否即上詩之二僧，不可考；若然，則此詩必作於上詩之前。

首句開場，次句續成。

三句四句用兩個角度描寫二高僧。三句之「僧」乃指寺中其他僧侶。如佛、近仙，令人嚮往。

五六寫其生活，鮮食少衣。呼應三、四二句。

七八實述訪遊值雨之實景。八句以「蒼煙」應「風雨」，自然而有佳致。

十四、與客登壺山絕頂

> 十里稀逢寸地平，且無木影蔭人行。梟飛難學王喬舄，魚貫全無鄧艾兵。樵子獻花簪帽重，山靈供水入瓢清。捫蘿莫怪匆匆下，恐賺林僧束炬迎。（卷二，頁107）

壺山，正對莆田縣之郡治。又名壺公山，山有八面，高聳千餘仞。

首二句實寫山之形勢景致，以無為有。

三句據《搜神記》王喬以舄為雙梟飛行之事而反用之。四句則反用鄧艾自陰平道鑿山通道，將士攀木緣崖，魚貫而進一事，見《三國志·鄧艾傳》。卻寫出此山的風致來。

五、六句實寫，却於六句佈出「山靈」，實中有虛。

七八收結「匆匆」，七句乃倒裝句，八句又以無爲有，亦有風味。

十五、瑞巖

金碧千間盡，惟庵免劫灰。佛歸何國去，僧自別峯來。巨石神鞭至，懸崖帝鑿開。幽情尋未已，木杪夕陽催。（卷三，頁149）

瑞巖寺在福清縣新安里，在縣東二十五里，宋宣和四年所建。又，《北史・西域傳》，西域有何國，此地可兼作二解。

此詩雖主寫寺，亦涉及山，姑列入。

首二句寫寺之命運，眾毀我獨存。或亦有言外之思。

三、四句對仗，意亦緊扣，佛已歸去，僧却由他山來依，人世滄桑，何處不然！

巨石、懸崖，均爲神靈所爲。神鞭、帝鑿，氣勢在在不凡。

七句平，八句妙。後六句之末字－去、來、至、開、已、催，一線串下。

十六、平床嶺（以下十二首辛巳游山作）

一動非容易，三年議始成。倩人挑旅橐，買紙札山程。下嶺峰如拜，登崖樹若迎。慚無塵事迫，便覺長吟情。（卷三，頁168）

此詩作於嘉定十四年（1221年）。以下三首同。

首二句是開場白，平實的內容却做成對仗模樣。

三句直敘，四句化平凡爲奇倔。

五、六句寫山有神采，「如拜」、「若迎」，眞正寫活了山與樹。樹爲山之魂魄。

七、八句舒緩收拾，不免凡凡。

十七、麥斜

　　諺比武夷君，來游稱所聞。巖開花似染，洞出氣如雲。屬老殘詩在，崖枯小篆焚。只疑龕室內，猶有艾軒文。（卷三，頁172）

　　麥斜巖在仙遊縣石所山之左。前為陳公池，左有兩石洞，右為玉泉。岩石縱橫，洞口上覆巨石，竇而入，清泠逼人。前為棲群山，環拱如屏，煙雲蔽掩。

　　武夷君，相傳有神仙降武夷山中，自稱武夷君，受上帝命統錄群仙，授館於此，漢武帝時遣使祀之。

　　首句明說武夷君，實以武夷山為喻，次句足成之。

　　三、四句乃一四句法。巖上開花似用顏料染成，洞中逸出之氣有如白雲。

　　五句易解，老、殘互補。六句謂山崖已枯老，故其上所篆刻之古文字已漶漫，如字紙被半焚之狀。

　　七、八句無中生有。艾軒，林光朝字，有《艾軒集》，乃克莊平昔十分推許的當代詩人。

　　此詩全篇寫山，實中蘊虛。

十八、蔡溪巖（陳聘君隱處）

　　愛瀑戀苔磯，難招出翠微。死因巖作墓，生以石為扉。已歎逃名是，猶嫌學佛非。後來無此士，不但鶴書稀。（卷三，頁174～175）

　　蔡溪巖，在仙遊縣東北，莆田人陳易（聘君）隱居於此。前有石如雙闕，曰石門，高三十餘丈，廣百十丈。石門之北洪崖石壁，凌雲環立，上有瀑布泉，懸流石壁數百丈，頻年不竭。下有龍潭，深不可測。又流而為溪澗，因總名為蔡溪。

　　此詩雖題曰「蔡溪巖」，實寫陳聘君之一生。

　　前二句似對非對，却把聘君的大半生都寫照出來。

　　三、四句說其生死，先說死後及生，乃為對仗平仄押韻而設，然

亦見別趣。生死依於巖石間，其易乎？其難能可貴耶？

五句實說，六句幻設。

七、八句以鶴書襯「此士」，別致而有理念在焉。鶴頭書，古人用以招隱士者。

十九、九座山

化盡開山物，惟存窣堵坡。俗傳潭出雨，僧說火因魔。舊給唐綾暗，新鑴蔡字訛。巖前觀蟒石，尤覺可疑多。（卷三，頁 175）

九座山，在仙遊縣，重巒疊嶂之中，巍然高峙凡九峰，故名。八峰環繞，而一山中峙，迥然峭拔，勢如盤髻，故名盤髻峯。山之東有伏蟒巖，巨蟒族孕其間，唐僧智廣駐錫於此，蟒悉化為石。

首二句即說蟒蛇化石的掌故。對仗出於自然。

三、四句寫此山之傳說。下句謂有魔鬼出火。

五句謂昔日存此之綾緞已暗舊失色，六句說近年鑴刻之蔡京體字有訛誤。

七、八設疑以收結。

此詩全說九座山之史事傳說及現狀，迤邐行來，詩意點點滴滴。

二十、西淙山觀雨

與客同登萬仞崖，蔽天風雨驀然來。六丁白晝誅炎魅，百怪蒼淵起蟄雷。毒蟒噴時林盡黑，怒龍裂處石中開。吾生不及觀河決，得賦斯遊亦壯哉！（卷四，頁 250）

此詩嘉定十四年（1221 年），克莊三十五歲。

此山在莆田縣西二十里，山如龜形，合紫帽山尖而形始見，故名龜山，西淙瀑布泉，在龜山東南，懸崖萬仞，飛流如練。

首句破題，次句亦切題。「同登」、「蔽天」，前後相承。

三、四句是幻想，對仗得好，氣勢亦足。

五、六句繼踵而來。以上四句一人一怪二動物，而其氣象則頗為近似。

七、八句跳開去說，復又繞回來。末句全用散文筆法，自是宋人風格。

二十一、宿山中之一

城中人怪我：清旦買芒鞋。君若知其趣，還應日日來。（卷四，頁251）

此詩寫作時間同上首，下九首亦同。

全詩未著一山字，但山居之情趣宛然如見：是畫中之留白手法。

首二句說一事：買芒鞋登山走山路。故意以「城中人怪我」起興。知與不知，其界域了然。

後二句反撲，「日日來」夸而不野。全詩宗旨，乃在山居之「趣」。

二十二、宿山中之二

玉䡾上沙堤，金鞍戍磧西。何如寒澗底，落日寒驢嘶？（同上）

此詩用反襯法，以二襯一。

前二句有氣勢有風致。後二句以「何如」為媒，全寫出山居之興趣。寒澗、落日、蹇驢，不必描寫山而山自在其中焉。

二十三、宿山中之三

就泉為硙屋，累石作書龕。有意耕汾曲，無心起水南。（同上）

此詩全寫山居風光。硙屋，所以舂米，是農家本色。

書龕即書房，是書生場域。

石也，泉也，是山中特有之物。

三句是歸農之語，四句是拒官之辭。

此詩寫景、言志各半。

二十四、宿山中之四

市脯店猶遠，刈芻人未歸。夜深語童子：且掩半邊扉。（同上）

首句、次句寫山居之僻遠，不論市脯、刈芻，皆非咄嗟可辦。

三句之「夜深」，緊扣前面十字。「語童子」為唯一的動作語言，掩半邊扉乃建議暫設之辭。

山居生活不易，但掩半扉却顯示其安詳悠閒之情調。

二十五、宿山中之五

路危防陟遠，溪黑阻窮深。涼月如高士，頻招未出林。（同上，頁 252）

山中居，路危溪深，故必恪守不陟遠、不窮深之律則，以免遇不測事。

三句乍看只是寫景，如一妙喻，其實仍是應合上二句：月亦安詳，不涉深，不陟遠。四句水到渠成，而別有風致。

二十六、宿山中之六

巖僧殊好事，絕頂廟龍君。勿笑一泓水，能生六合雲。（同上）

首二句略有調侃之意。「廟龍君」乃何等莊嚴之事，却以「殊好事」評說之。

三句却陡然一轉：以「勿笑」大打圓場：一泓水生六合雲，說得何等寬濶，又何等灑脫。

二十七、宿山中之七

崖居供給少，不用犬防籬。只恐偷兒黠，來窺壁上詩。（同上）

首句直抒，次句實寫，似乎平凡到極點。

三句轉圜，不是那麼安心了。

四句不說「來竊室中糧」，却恐其偷窺壁上吾所題之詩，何等意外，何等俏皮，何等雅！同時也正好呼應了首句之「供給少」。

二十八、宿山中之八

山中無價寶，月色與泉聲。莫向貴人說，將爲有力爭。

首句破題而俏，次句令讀者心滿意足。

三句一轉，悠閒之至。

四句收拾，諷意十足。

二十九、宿山中之九

玉筯篆文古，銀鈎楷法精。得知千載下，時有打碑聲。（同
上）

此詩爲山中一景：古碑。

碑上有文字：篆文古、楷法精，而以「玉筯」、「銀鈎」形容之、
比喻之。

三句「得知」起得突兀而妙。「千載下」，謂今日，甚至包括未來。

四句「時有」寫實而灑落。「打碑聲」，拓碑時發出的聲響也。

三十、宿山中之十

淒風轉林杪，露坐感衣單。不道山中冷，翻憂世上寒。（同
上，頁 253）

此詩寫實而寓象徵。

前句實寫，次句繼之，一爲泛說，一爲正覺。

三句一轉有力。四句語涉雙關：一爲全世界人們之寒冷，大有杜
甫「安得廣廈千萬間，大庇天下寒士俱歡顏」之胸懷。一爲以「寒」
喻世態涼薄。

三十一、初宿囊山和方雲臺韵

客游萬里踐霜冰，旦旦披衣坐待明。累黍功名成未易，跳
丸歲月去堪驚。即今紙被携尋宿，當日油幢聽報更。賴有
雲臺公好事，追程來送老門生。（卷五，頁 286〜287）

此詩作於嘉定十四年（1221 年）冬，時廣西帥胡槻闢書再至，
後村遂決定赴廣西，詩爲北行途中所作。

方雲臺（信孺）為克莊之師，送行且賦詩贈之。

首句破題，履霜冰，一方面寫實，時為寒冬，一方面象徵，前途吉凶未卜。

次句謂旅途多懸念，不能久久安眠，故往往早早披衣待明。

三四句比喻人生，一用累黍喻功名，一以跳丸譬歲月，未易、堪驚，可視為互文。

五句紙被尋宿，言其清苦，油幢聽更，喻其辛勞。

末二句重新交代題意，未免平板。

此詩題有山名而未正面寫山，猶山居詩也。

三十二、白鹿寺

歲晚霜林葉落凋，携家來作鹿門遊。偈言恍似前生說，詩稿猶煩侍者收。身上征衫拋未得，山中靈藥採無由。十年不獨行人老，入定高僧白盡頭。（謂長老洪公。）

此詩與前詩作於同時，下一首亦然。

白鹿寺在閩縣積善里。白鹿山入十五里號榕溪，永嘉僧道洪自溫陵來，父老相邀移住今居。時唐元和四年，誅茅之日，白鹿至，遂以名其寺。此詩末句言洪公，恐與道洪是巧合。

首句寫山寺環境，次句可視作倒裝，是破題句。

既入寺，便有偈，且仍不改作詩舊習，故三、四句信手拈來，便成對仗，前句妙，後句實。

五句眼前實事，六句無中生有而似無。

七、八說歲月之疾馳，以行人配襯高僧，而人、僧皆伏於歲月。

三十三、發枕峰

蒼頭奉闆書，嚴裝犯蕭辰。豈不謀出處？歲儉水菽貧。曛黑投山中，明發趨江濱。漁父隱者歟？葉舟方垂緡。相逢飄然游，似笑來往頻。白鷗我同盟，青山吾故人。即之與欲言，邈若不可親。昔迎歸軒喜，今見行囊嗔。素願悵未

　　諧，抱慚終此身。先賢遠志喻，千載猶如新。（卷五，頁 289）

　　此詩爲詠山詩中難得的五古，篇幅亦較長，但仍然是詠人事多於描繪山景。

　　枕峰在閩縣歸義里。西峽渡之南，驛道往來候潮之所。

　　首句謂奉廣西闢書（徵召之書），蒼髮出行。其實克莊此時才三十多歲，却故示老態，此亦中國一般傳統文人之故習，不足爲奇。次句之蕭辰，指蕭索之秋辰。二句爲全詩開場白。

　　三四句繼之，有無可奈何之情。

　　五六句實寫行程，對仗得自然，可視作流水對。

　　七八句寫途遇漁夫垂釣，一問添姿。

　　九十句以漁父之飄然，笑我之「來往頻」。

　　十一、十二句仍寫漁夫之瀟灑，信手拈來成巧對。

　　十三、十四句忽一轉，故寫漁人之不可親近。

　　十五、十六說明漁夫不親之原因－嗔我又去遠方出仕，譏孺子之不可教。

　　後四句說自己慚愧之反應。詩意略減。

　　全詩未正面寫山。「曛黑」二句、「青山」一句可算例外。

三十四、謁南嶽

　　中原昔分裂，五嶽僅存一。嗟余生東南，有眼乃未覿。清晨犯寒慄，馬止青歷歷。怪雲何處來，對面失齒崒。午投勝業寺，僧訝余不懌。茗餘因獻嘲，君定非韓匹。彼來既軒露，君至若封鐍。余謂僧無躁，茲可以理詰。止僧生悅亭，霾翳忽冰釋。石廩先呈身，岣嶁俄見脊。須臾天柱開，最後祝融出。高峰七十二，固已得彷彿。鄴侯何嘗死，懶殘元非寂。恍疑在山中，明當往尋覓。咄哉三尺雪，孤此一雙屐。駕言疑靈瑣，樓堞晃丹赤。栢深不見人，畫妙如新筆。珠瓏千娉婷，彈棋拊瑤瑟。茫茫鬼神事，荒幻難究悉。吾師太史公，江淮徧浪迹。茲焉又浮湘，汗漫恣遊陟。雖

然乏毫端，亦頗增目力。規模五字體，蟠屈萬丈碧。詩成
投楮中，何必題廟壁！（卷五，頁 304～305）

這首五古較前一首更長，而且是針對衡山所作。

南嶽，一名衡山，在衡山縣西三十里，共七十二峯，又有數十洞，
十五巖，三十八泉，二十五溪，九池九潭，六源八橋，九井三穿三漏。
石廩、岣嶁、天柱，皆七十二峯之峯名。

首二句破題：南宋偏居江南，故五嶽只「存」一嶽。

三、四句憾閩人未登覽衡山。

五、六句寫出發謁山。七、八句寫山寫雲，用問句添興。

七、八至十四句，乃敘事之段落。寫寺僧之言行，以「軒露」、「封
鐍」喻韓愈、劉克莊入山時山的情態。或亦兼及客之表情態度。

十五、六句寫山容忽霽，十七、八句實描二峯之軒露。十九、二
十句另二峯亦豁然開朗。二十一、二十二句更以四峰包括七十二峯，
「固已得彷彿」五字，含糊得妙。

廿三、廿四句連用二與衡山有關的典故：鄴侯書堂，乃指唐李泌
避禍隱衡山所作；殘巖在衡山後，乃唐僧懶殘所居之地。運用得頗有
風致。廿五、廿六句乃此二句之緒餘。

廿七句忽地一轉，仍是記實：三尺雪、一雙屐。「咄哉」、「孤此」
又是信手安排，却自成流水對。

廿九、卅句寫探古跡所見：丹赤之樓堞如畫。

卅一、卅二句寫柏、寫畫，「不見人」平，「如新筆」妙。卅三、
卅四描述畫中景象，搖曳多姿。

卅五、卅六句交代荒幻鬼神之事，輕而易舉。

卅七、卅八以下自述遊踪，以司馬遷為師，自添身分，似謙卑實
自詡。

最後六句，又是謙虛中見自信，末句曰不題廟壁，似戲謔而實瀟灑。

全詩條理清晰，由介紹衡山到出遊，再寫僧貌僧語，次述山姿及
古跡，再及古畫風彩。末了自說自話－遊山與賦詩。

三十五、黃羆嶺

　　黃茅迷遠近，不見一人行。信步未知險，迴頭方可驚。路由高頂過，雪在半腰先。落日無栖止，飄飄自問程。（同上，頁311）

　　黃羆嶺，在永州祁陽縣北三十里，巖壑深邃，舊傳有羆居此，故名。

　　首二句實寫嶺上風光。三、四句寫情，又是信筆所之，自成流水對。五、六句繼續描景，自然親切。

　　末二句謂落日尚未棲息，我則飄飄然自問程途。末句亦可解作落日亦向天地問程。

　　此詩寫景成份較多，但似仍未描述山體本身。

三十六、棲霞洞

　　往聞耆老言，茲洞深無際。闇中或識路，塵外別有世。幾思絕人事，齋糧窮所詣。棋終出欲迷，炬絕入難繼。孤亭渺雲端，於焉小休憩。憑高眺城闉，擾擾如聚蚋。盡捐穢滓念，遂有飛舉勢。山靈媚清游，雨意未極銳。濛濛濕莎草，泡泡涼松桂。暝色不可留，悵望崖扉閉。（卷六，頁338～339）

　　棲霞洞在衡陽七星山－七峯位置如北斗。崆峒出奇，有石門，勢甚襟束。秉燭獨行五十步，洞穴始坦平如毬場，可容千百人，如此者八九所，約略如此，皆有清泉綠水，乳液葩漿。

　　前四句把此洞的特色描述一空。五、六句敘述遊謁之忱。

　　七八句用王質入洞見仙人著棋典，且實寫入洞之難。

　　九十句突以孤亭擴人心胸。

　　十一、十二句寫遠眺之勝，用「聚蚋」一喻，奇而又平。

　　十三、四句寫自己的當下感受，「飛舉勢」遙應題目之「棲霞」。

　　十五、六句虛擬山靈，實寫雨勢。

　　十七、十八句續描雨姿雨意。

十九、二十句以暝色不留人作結，仍是克莊慣技之一。

此詩乃一篇小品遊記。

三十七、五月十七日游諸洞

來南百慮拙，所得惟幽尋。矧余玉雪友，共此丘壑心。江亭俯虛曠，穴室窮遼深。是時薄雨收，白靄籠青岑。棄筇追野步，却扇開風襟。炎方豈必好，差遠鼙鼓音。且願道海清，莫問神州沉。徘徊惜景短，留滯畏老侵。昨游感鶯晛，今至聞蟬吟。常恐官事縈，佳日妨登臨。譬如逃學兒，汲汲貪寸陰。何因釋膠擾？把臂偕入林。（卷六，頁340）

此詩作於嘉定十六年（1223年）五月十七日（或次日）。

此詩及前後諸作，皆爲克莊在廣西桂林一帶所作之遊記詩。

首句低調，次句稍揚。三、四句增益其勢。

五、六句寫景，上下對照入神。

七、八句寫當時天際變化。九、十句寫諸人兩個動作：棄杖、却扇，純任自然而前進。

十一、十二句又一低調，遠離人間戰亂。

十三、十四句繼之，只願言海晏河清，是詩人之自慰自許。

十五、十六句一高調一低吟。

十七、十八以昨今定時間，並吟鶯蟬——一天空一地面，或並居樹上。

十九、二十又低一調。

二十一、二十二句用妙喻甚巧。

二十三、二十四句輕鬆收結。

全詩除「丘壑心」外，未見山字，但處處是山景及山感。

三十八、辰山

一峯疊三洞，迤似弘景樓。下洞初俯入，癬室寒颼颼。中洞忽躍出，有逕通玄幽。豁然崖谷判，萬態誰鐫鎪。或如

植寶幢，或如垂珠旒。或如鯤鯨飛，或如龍麟游。石橋狀
天台，木棧疑蜀州。稍憩大士嵒，遂經羽人丘。力窮至上
洞，身載雲氣浮。未畢水山緣，勉爲塵世留。平生避地心，
茲焉宜菟裘。長斧樵青壁，短簑耘綠疇。獨恨汲路遠，溪
澗皆背流。會當逢異人，卓錫成靈湫。（卷六，頁345）

　　按：辰山在桂林府臨桂縣城北東渡三里，俗名虎山。有三巖，下
巖石室幽曠，中巖多怪石，上巖有小亭高插雲表，遊者以爲乃桂林諸
山之冠。

　　弘景樓，晉道士陶弘景於永元初築三層樓，自處其上，弟子居其
中，賓客至其下，與外物絕，惟一僮僕侍之。

　　首句粗描此山結構，以陶樓爲喻，似而不盡似。

　　三至十六句連綿描寫下、中、上三洞。

　　下洞只說蘚室，中洞有幽徑，却以「忽躍出」驚人一瞬。「萬態
誰鑴鎪」雖不免偷懶，仍能略見其氣象之不同凡響。寶幢、珠旒、鯤
鯨、龍麟四喻，由器物到巨大動物（後二喻實爲四目），生動活潑之
至。

　　「石橋」二句又以浙江的天台山、四川的棧道相比匹，神氣爲之
一振。

　　「稍憩」以下四句，實寫行踪所至，由中洞升至上洞，已有飄飄
欲仙之概（「羽人丘」、「雲氣浮」）。

　　「未畢」二句，大有成功不必在我之意。

　　「宜菟裘」，又用左傳隱公十一年典故。菟裘，魯邑，在泰山梁
父縣南，爲養老佳地。

　　「長斧」二句白描，似眞若幻。「獨恨」二句寫溪澗背流之勝景。
末句又馳虛入幻作結。全詩處處是山景。

三十九、曾公巖

廣室內嵌空，層峯外巍嵬。仰視駭縣石，俯踐愁滑苔。古
竇風肅肅，陰澗泉洄洄。飛梁跨其間，上可陳尊罍。愛凉

復畏濕，當暑重裘來。名嵩者誰歟，兄固弟子開。憶昔建
中初，國論幾一廻。惜也祖荊舒，卒爲清議排。至今出牧
地，姓字留蒼崖。躊躇增歎慨，日入禽聲哀。（卷六，頁348）

曾公巖，在桂林府七星山下，石門唅呀，中有澗水，左旋東流，
伏於石下。舊名冷水巖，宋代曾布帥桂，跨澗造石橋，榜以今名。橋
甚華美，內有澗水，不知所從來，自洞中左旋東流橋下，復自右入，
莫知所往。過橋有山數畝。

首句寫洞內，次寫外巖。三句寫遊況，對仗甚巧，「駭」、「愁」
二動詞亦甚真切。五、六句肅肅泂泂，氣韻十足。

七、八句本是寫實，却虛設「陳尊罍」之情況，令人讀之欲醉。
九、十句寫其涼濕，用一平喻。

九十句介紹築橋名巖者。下二句說時間：建中靖國爲徽宗第一個
年號（1101年）。此下四句指陳曾布在當時的影響力，可惜主行新政
（荊舒，指王安石），終爲「清議」所不容。

十七、十八句讚嘆他名留蒼崖及橋上。末二句以日入禽聲哀鳴襯
寫臨景之惆悵。

由巖橋及於其人，是另一類寫法。

四十、伏波巖

懸壁萬仞餘，江流遶其趾。仰視不見天，森秀拔地起。中
洞既深窈，旁竇皆奇詭。惜哉題識多，蒼玉半鑱毀。安得
巨靈鑿，永削崖谷耻。緬懷兩伏波，往事可追紀。銅柱戍
浪泊，樓船下湟水。時異非一朝，地亦去萬里。山頭博德
廟，今爲文淵矣。謂予詩弗信，君請討諸史。（卷六，頁350
～351）

伏波巖在廣西西路靜江府城東北，臨灕水，有伏波試劍石，下有
洞，洞前浸江，石磯瑩潤如磨蒼玉，波浪洶湧，日夜漱齧。洞中可容
二十塌云。

此詩前六句細寫巖與山洞，全用白描，歷歷如繪。

七句與八句惜昔人題字毀如玉之崖。九、十句幻設巨靈，以巨鑿一清崖壁，末用「恥」字，兼有擬人法及夸飾法。

十一、二句指馬援、路博德二位漢代的伏波將軍。馬援曾在廣西治城郭，穿渠灌溉，條奏越律與漢律駁者十餘宗，與南越人申明舊制以約束之。路博德下南越，於嶺外各郡有招集之功。

十三、十四句仍寫照馬援史實。援曾南擊交阯，軍至合浦。又緣海而進，隨山刊道千餘里，旋至浪泊上，與賊戰，破之。

下二句指明二伏波時異事異。末四句爲此二句餘波：謂博德廟似應作馬援廟方妥。

四十一、戴秀巖（戴秀者，兵卒也，得道于此。）

> 茲巖視諸峯，厥狀尤崢嶸。舊爲碧蘚封，新有朱棧橫。縻腰尚恐墜，束炬方可行。外狹中乃寬，始闇俄忽明。仰視神魄悸，俯顧形殼輕。遂覽丹爐基，微聞玉鼓聲。源深足力盡，路黑雲氣生。不辨晝夜分，恍疑世代更。嘗聞學神仙，所得由專精。豈吾諸名士，羨彼一老兵。欣然約同志，嗣此將尋盟。安知無白鹿，絕頂來相迎。（卷六，頁 354～355）

戴秀巖在臨桂縣城北五里，山坡崎峻，極爲深邃，石乳瑩如冰玉。又名玉乳巖。

首二句破題，平實。

三、四句以碧蘚、朱棧對峙，以明今昔之異，鮮明可親。

五、六句又以「縻腰」、「束炬」相對，一是自己，一是外物，然登山之具已足。

七、八句輕易運用狹、寬、闇、明四個兩兩相對的形容詞，效果亦佳。

九、十二句上應「縻腰」二句，「悸」、「輕」甚爲傳神，一魄（心靈）一殼（軀體），盡在殼中。

十一、十二句稍和緩，補出實景：丹爐、玉鼓，一形一聲，渾然

天成。

　　十三、十四句又上應「仰視」二句而略有拓展。

　　十五、十六句上應「始闇」一句。十六句「恍疑世代更」
尤爲精警。

　　十七、十八句說神仙，反較平實。

　　十九、二十句，用半問句重新切入題旨。

　　二十一、二十二句只是上二句的餘緒。

　　末二句以假設的白鹿收結，圓滿渾成。

四十二、荔支巖（洞內小石如荔支者無數）

> 異境閟神奇，一罅通深阻。呀然張蟾吻，光怪腹中貯。始
> 來尚覿面，稍進但聆語。廻頭失塵世，束縕行里所。石房
> 容十客，石柱徑丈許。眠獒若將吠，墜菓疑可咀。平生聞
> 化城，今見玉樓櫓。陟高既趫捷，循狹或傴僂。忽逢路窮
> 處，淺浪隔洲渚。心知仙聖居，欲到無飛羽。向非薪燭力，
> 往返何異瞽？重游儻未卜，聊向詩中覩。（卷六，頁 361）

　　荔枝巖在桂林府臨桂縣。琴潭山在城西六里，山下空洞淵然成
潭，水流琮琤，如琴聲，因名。前有小巖，中有石塌石琴，旁有荔支
巖，石門不甚高，中則曠然深百餘尺，多滴乳，垂綴如荔枝。

　　首二句破題，可謂開門見山，以「異境」始，具見此巖身價。

　　三句以「蟾吻」喻穴，頗爲新奇，四句「腹中」又一喻。一景物
二比喻。

　　五、六句述洞中之黑暗。

　　七、八句意義略同前一首之「恍疑世代更」。

　　九、十句以二數字寫實，一人一柱。

　　十一、十二句又是關於鐘乳石的二喻，一動物一植物。

　　十三、十四句復喻之爲仙樓。

　　十五、十六句寫登臨之二種姿態。

　　十七、十八句忽然一轉：境轉詩亦轉。

十九、二十句又說仙，此次以仙聖合吟。無羽欲飛，亦是一種境界。

二十一、二十二頌燭薪之功。

二十三、二十四述作詩緣起，等同餘波。

四十三、佛子巖

> 環郭洞府多，所患在卑濕。斯巖獨虛敞，他境未易及。穹如層屋構，廣可百客集。開竇送雲出，掃壑延月入。穴居儻堪謀，徑欲老樵汲。絕巔尤玲瓏，苔磴不計級。惜爲僧所涴，飛棟緣業炱。佞佛墮癡想，明鬼趨陋習。遂令登眺者，欲往足若縶。何當一燎空，盡見萬仞立。（卷六，頁363）

佛子巖亦名鍾隱巖，在臨桂縣昭平里，巖口高曠，中起一石尊嚴如佛像。前有香爐石，奇奪神工。傍穿一穴，積乳下垂，巧逾雕畫。相近者爲仙巖，傴身乃入，中有深潭。

首二句開宗明義，以「卑濕」繼「洞府」，一正一反。

三、四句一變，「虛敞」與「卑濕」恰恰相對，足見首二句之作用乃在反襯此句此巖。

五句層屋爲近親之比喻，六句百客乃約略計數之寫實。

七句送雲迎月，既實且雅，爲巖洞添姿。

九句、十句雖假擬之辭，而「樵汲」可企可羨。

十一句「玲瓏」明描，十二句「不計級」切實。

十三句出人意表，「涴」字狀僧，尤爲突兀。十四句爲答案，謂寺廟之建築影響了天然景致。

十五句更進一步譴責僧人，十六句輔助之。

十七及十八句更說明其妨礙登謁之理。

十九、二十句可謂「狠筆」，在克莊詩中一向罕見。一燎燒盡廟宇，還它天然風貌。

克莊不反佛，擁有不少外方外友人，人物詩中也有不少詠僧人者，但他更愛大自然，因此借此詩以言志，足爲天下僧伽者戒。

四十四、劉仙巖

> 絕頂來尋煉藥蹤，老仙端的是吾宗。寄聲月白風清夜，定
> 許相期第幾峯。（卷六，頁 363）

劉仙巖在臨桂縣白龍洞之陽，仙人劉仲遠所居，石室高寒，出半山間。上有仲遠足迹曰仙迹，前有道觀。

首句直扣劉仙，次句示明宗親關係，克莊與有榮焉。

三句月白風清，是寫實也是象徵。仙人似月，更是清風。

四句謂與劉仙相約在第幾峯相會也。是幻？是眞？詩人實可上參天仙也。

此詩略於形迹，畢竟是絕句本色。

四十五、龍隱洞

> 先賢評桂山，推爾居第一。豁然碧瑤戶，夾以雙玉壁。中
> 有無底淵，黑浪常蕩潏。諒當剖判初，倍費造化力。雷嗔
> 斧山開，龍怒裂石出。至今絕頂上，千丈留尾脊。寧論兒
> 女子，壯夫股爲慄。我來欲題名，腕弱墨不食。摩抄狄李
> 碑，文字尚質簡。今人未知貴，後代始寶惜。洑流工駁舟，
> 久游覺蕭瑟。巖屋寬如家，廻櫂聊愒息。（狄武襄公平蠻碑、
> 李師中侍制宋頌在焉。）（卷六，頁 364）

龍隱洞、龍隱巖，皆在臨桂縣七星山，脚沒江水中。泛舟至石壁，下有大洞，門高可百丈，鼓棹而入，仰觀洞頂，有龍跡夭矯，若印泥然，其長竟洞。舟行一箭許，別有洞門可出。巖在洞側山半，有小寺即巖爲佛，不復造屋。克莊於嘉定十五年（1222 年）五月與葉潛仲等遊龍隱洞，今有石刻留在山中。

首句開門見山，極力推崇龍隱洞。

三到六句實描此山此洞，以碧、玉（白）、黑三色前後映襯：有洞門，有白壁、有深淵。

七到十二句想像造化肇造此山此洞之情狀。七、八泛說，九、十句則以雷公、怒龍爲使臣，雙雙盡力開山。十一、十二句巧說，千丈

絕頂上留下龍的尾脊。

十三、十四句描寫其驚聳之姿。

十五、十六句謂題字之難。十六句用「食」爲動詞，既擬人，又求生動。

十七、十八繼承前二句，說古人碑刻之情形。

十九、二十續說此碑之可貴可惜。

二十一至二十四句仍說流險感寒，復轉述巖洞可歇，寬敞安心。

二十四句一百二十字，循序漸進，步步爲營。

四十六、程公巖

> 石室外甚狹，中廣如毬場。偉哉鉅麗居，天造無棟梁。嚴冬既深燠，盛夏尤虛涼。偶至不忍去，杖履聊方羊。人能專此壑，何必政事堂。先須置禪龕，次第營丹房。烟霞入几席，塵土庵門墻。學道縱未得，著書亦可藏。（卷六，頁371）

程公巖在臨桂縣城東五里，深八十餘丈。地漸高起，上有石如鐘覆地，兩壁瑩潔如玉扉。由石磴而上，有穴通明透漏，山川城郭，恍在玉壺。又名屏風巖。石壁左有李彥弼爲程鄰作〈建隆兗州記〉，故名。

前四句介紹巖之景象，次句用喻，四句用無有之喻。二者可謂前後呼應。

五、六句連述夏多之氣候感覺。二者皆與常態相反，格外可貴。

七至十句極言此巖之可愛可親。仕宦之人，至此名利心全熄。

十一句至末句，連用三十字想像在此結室而居之妙況，不能學道，亦可著述。十一到十四句生動如繪畫。

四十七、巖關新洞

> 羽客初尋見，因于此葺廬。未能平險峻，先擬架空虛。磴落樵相引，山名尉自書。看來驛臨道，未必有仙居。（卷六，

頁 374，下首同）

嚴關，在桂林府興安縣西南十七里，兩山壁立，中爲通道，置關其間，名曰嚴關，爲楚、粵之咽喉。

首四句爲想像之辭，所謂「架空虛」，即「置關」也。

山磴引樵夫來砍柴，嚴關之名，則尉官自取自署。五、六兩句交代得很親切。

七、八句更由虛返實，謂「羽客」未必有，「仙居」亦未必。如此前後呼應，看似一正一反，其實天衣無縫。

四十八、乳洞

千峯夢裏尚崔嵬，不記青鞋走幾迴。天恐錦囊猶欠闢，又
添乳洞入詩來。

乳洞，在興安縣西南十里，洞有三，上曰飛霞，中曰駐雲，下曰噴雷。下洞泉流石壁間，田壟溝塍如鑿。中洞有三石柱及石室石牀，左盤至上洞，行八十步，得平地，有五色石橫亙其上。見《明一統志·桂林府》。

首句描寫其多峯崔嵬，次句謂遊了又遊。首句用「夢裏」二字略添趣味。

三句幻思，四句足成。「錦囊欠闢」一喻生新，「闢」字可視爲雙關語。

可惜七絕字少，不能細描如《明一統志》所載。

四十九、鑱觜（史祿渠至此分水。）

世傳靈渠自始皇，南引灕江會湘楚。水山憂赭石畏鞭，鑿
崖通塹三百里。篙師安知有史祿，割牲沉幣祀瀆鬼。我舟
閣淺懷若人，要是天下奇男子。只今渠廢無人修，嗟乎秦
吏未易訾。（卷六，頁 377）

湘水之源本北出湖南，融江本南入廣西，地勢最高者莫如興安縣。始皇帝南戍五嶺，史祿於湘源上流灘水一派鑿渠，踰興安而南注

於融，以便運餉。於上流沙磧中壘石作鏵觜，銳其前，逆分湘水爲兩。依山築堤，爲溜渠巧激十里至平陸，遂鑿渠遶山曲，行六十里乃至融江而俱南。

首二句即敘述這段歷史。

三句連用「憂」、「畏」二動詞，十分生動，有如動畫畫面，「憂」字尤妙。

五、六句寫實而可發一噱。

七、八句懷念史祿稱之爲「天下奇男子」，亦非過譽，稱人兼譽此景。

九句惋惜，十句因此特殊之工程之景致而轉讚秦吏－秦吏非一，但如史祿者亦恐非一人，故曰不可訾，實意爲值得讚許。

此詩虛虛（「世傳」云云）實實（「水山」、「篙師」云云），匯合歷史與地理。

五十、書堂山（柳開守湘讀書處。）

> 子厚文章宗，仲塗豈後身？不肯作崑體，寧來牧湘濱。誅茅翠麓顛，日與書卷親。劉去五季衰，挽回六籍醇。歐尹相繼出，孤唱繇伊人。風流喟已遠，尚喜棟宇新。澗泉既可汲，山木亦可薪。熟讀壁間藏，痛掃毫端塵。千峯高叢叢，一江碧潾潾。禽魚暨草樹，纖悉几案陳。勗哉山中友，勿厭泉石貧。（卷六，頁378）

書堂山又名柳山，在廣西全州城北二里，宋刺史柳開讀書築室，因名書堂山。山半有泉穴地而出，味甚甘洌，名曰達泉，一曰應泉。山中有清湘書院。

首四句破題，謂柳開或爲柳宗元之後，一在柳州，一到全州，相去不遠。不作西崑體，蓋柳開爲北宋古文運動之先鋒。開之居此爲地方官，本與作文無關，但同具開闢新天地之精神。

五到八句續讚柳開其人，與山有關者只五字。

九到十二句仍在文學上著眼，十二句才回到正題。

十三到十六仍是半寫山景，半抒學心。

十七句和十八句各用一複字詞，暢寫山景泉姿。

十九、二十又由大自然回到几案文字。

二十一、二句乃慰勉之辭。

全詩半寫山景、半懷柳開，此一古人，幾乎於此喧賓奪主矣。

五十一、石鼓

石鼓名天下，州庠畫不如。古祠猶漢舊，石刻半唐餘。翠
巘供憑几，寒江照讀書。恨余非楚產，來借一房居。（卷六，
頁 383）

按石鼓山在衡陽城東三里，有東巖西溪，前峯後洞。據說鼓鳴則
有兵革之事。

首句破題，次句謂州庠畫此山未能得其美妙。

三、四句述漢祠及唐之石刻。中用「猶」、「半」二詞，理路分明。

五、六句寫出翠巘、寒江，是此山主景，憑几欣賞，坐席讀書，
兩相宜也。

七、八句憾非湖南人，只能暫遊，不能久居。

全詩簡明而無缺。

五十二、夜登甘露山之一

小家兩三戶，荒巘萬千重。有月犬時吠，無人水自舂。（卷
七，頁 453）

此詩作於嘉定十七年（1224 年）。下同。

甘露山在莆田縣城西，唐林攢葬母之處，故又名林葬山。

首二句縱寫此山及週遭光景。小小人家，廣漠荒山。「有月」第
三句，是承似轉，犬吠添趣。四句寫無人，而水自舂光蕩漾。

詩短而興足。

五十三、夜登甘露山之二

月落宿禽處，幽人殊未回。不知何處磬，迢遞過山東。（同
上）

首句續承上首之第三句，上為犬吠，此為禽飛，相映成致。次句
上承上首四句之前半，因著一「殊」字而更添風味。

三句有聲，四句綿延之。

構成一幅活生生圖畫。

二詩可謂雙璧。

五十四、中嶽

憶昨隆乾致太平，諸賢聳聽鳳先鳴。奏篇不愧登瀛選，拂
袖誰留出畫行。當日伯夷兄弟瘦，至今楊震子孫清。定知
千載蟆陵路，尚有行人醉董生。（卷九，頁538）

此詩作於紹定元年（1228年），克莊四十二歲。

中嶽，即克莊祖夙、叔祖朔墓地，一在壽溪之上，一在囊山之上，
俱在莆田府城東北。

此詩全寫追念之情，山景墓景反被忽略。

首二句憶隆興、乾道（1163～1173年），為孝宗朝，南宋最好的
時代。諸賢聳耳聽鳳鳴，不愧歌功頌世之佳句。

三、四句繼之，謂當年群臣效命，野無遺賢。

五、六句用二古典，一清一廉。「伯夷兄弟瘦」尤切妙，可發人
一噱。按楊震廉明天下知，其孫楊奇在漢靈帝朝為侍中，亦以清正直
言見稱於世。

蟆蟆陵在陝西萬年縣南六里，董仲舒墓在附近，漢武帝至此每為
之下馬，後下馬陵訛為蟆蟆陵。

末二句以董仲舒墓比父叔二墓，實以仲舒比擬二親長也。

五十五、陪西山遊鼓山

先生廊廟姿，非直藩翰才。南州彩旗留，北闕丹詔催。重

臣方暑行，停驂小徘徊。客中載枚鄒，物外尋宗雷。遂窮
天海觀，一豁風雲懷。眷言此靈山，判自宇宙來。登臨幾
朱輪，滅沒隨飛埃。堂堂蔡與趙，繼者其誰哉。共惟勳業
伴，況乃名節偕。伊余忝載筆，適值祖帳開。雖陪叔子游，
獨抱湛輩哀。餞詩堪覆瓿，不敢鐫蒼崖。（卷十，頁 583）

此詩作於端平元年（1234 年），時克莊為福建帥司參議官。

真西山，即真德秀（1178～1235），理學家，曾拜副相（參知政
事），有直聲。浦城人，歷知泉州、福州。年輩與克莊相捋，且為同
鄉，故時有陪遊之舉。

鼓山，在閩縣郊區，有石狀如鼓，故名；另一說云：每雷雨作，
其中簌蕩若鼓聲，因名。真德秀時知福州。

首二句讚美西山，十分得體：文才、治才雙全。

三到六句謂西山已奉詔回京任戶部尚書，半途駐足不遊。「彩
旗」、「丹詔」，寫得漂亮。

七句以枚乘、鄒陽自比；宗雷不詳，當為二人。

九、十兩句泛寫此遊，以「風雲懷」對「山海觀」，兼顧客我，
甚佳。

十一、十二句是西山妙語，先定鼓山為靈山，復言它從宇宙（猶
言天外）來。是大大提昇此山身價。

十三、十四日朱輪指太陽，此遊一整日，已屆夕陽西下之時。

十五、十六句蔡、趙不知指誰，當為同遊之人。並歎斯遊之盛。

十七、十八仍是讚美西山之辭。

十九、二十句乃閒言。

二十一、二十二句用羊叔子（祜）典：羊叔子登峴山歎息，謂鄒
湛曰：「由來賢達勝士，登此遠望，如我與卿者多矣，皆湮沒無聞，
使人悲傷。」湛曰：「公德冠四海，道嗣前哲，令聞令望，必與此山
俱傳。若湛輩乃當如公言耳。」雖為自謙語，亦頗為貼切。其實克莊
詩名亦千古不朽。末二句仍是自謙老套。

全詩仍是寫人多於寫山。

五十六、鼓山用餘干趙相韻

城郭區區一聚埃，江山如此信佳哉。挾龍相國騎箕去，招鶴仙人弭節來。試問炊粱成短夢，何如煨芋撥殘灰。危亭更着文公扁，日落山空未忍回。（卷十，頁584）

趙相，指趙汝愚，曾有〈同林擇之姚宏甫遊鼓山〉一詩，中有「江月不隨流水去，天風直送海濤來。」之佳句。

首句起興，用「一聚埃」三字，可視作雙關：寫塵世，亦寫諸人之相聚。

三句寫汝愚，四句虛設之辭，以襯托趙之身分及風采。五句用〈黃粱夢〉之典，有人生苦短之意，六句寫實，煨芋以野餐也。

七句謂山亭中有韓愈所書之匾額。八句謂留連不忍去，且以「空山」展示其空寂之境。

中四句對仗尤好。

五十七、新蓬二嶺

路入雲端一線微，行人竊笑僕交譏。空囊非有連城璧，作麼攜從間道歸？（卷十，頁615）

此詩作於端平三年（1236年）。

新嶺隘在浙江遂昌縣北六十里，一名赤津嶺，山勢峻絕，兩山如門，北達龍游，惟一道可通。

首句摹寫實景，頗為生動。

次句寫行人、僕人之譏笑，不知笑甚？笑山形山路？抑笑克莊之迂執？

三句說明自己只有空囊，兩袖清風。

四句謂入山攜何而歸，似有失望之意。或者這根本是自我調侃之辭？

王邁亦有詩詠此嶺：「足摩青壁頂頭過，心逐白雲天外飛。」可作輔證。

五十八、九日登闕支巖過丁元暉給事墓及仲弟新阡三首之一

> 絕嶺萬籟靜沉沉，重倚闌干感慨深。古佛龕中苔上面，故交宰上樹成陰。山無白額妨幽討，野有黃花且滿斟。莫怪徘徊侵暮色，老人能得幾登臨？（卷十六，頁 952～953）

此詩作於淳祐七年（1247 年）由秘書少監任上罷歸後作。

闕支巖，在莆田縣延壽里，爲囊山之一巖，其中可容數塌。旁有八小石負之，玲瓏明徹，如窗欞然。

丁元暉，即丁伯桂，已卒數年。其仲弟克遜卒於上一年。克莊歸家時，惟見新阡。

首句泛寫巖景，次句因見墓生慨。

三、四句仍寫景，有佛龕，有友人墓。「苔上面」生新，「樹成陰」平實。

五句「白額」喻白雲，是以無爲有。

六句實寫，菊花美酒（應九日重陽）。

七、八句舒暢收結，仍不失波瀾。

五十九、九日登闕支巖過丁元暉給事墓及仲弟新阡二首之二

> 歷歷向時遊覽處，重來年已迫桑榆。大衾尚欲同林下，華表安知忽路隅？自古曾悲摘瓜蔓，即今不共插茱萸。人生患不高年爾，到得年高萬感俱。（卷十六，頁 953）

首二句見新懷舊。是時克莊已六十一歲，故曰「迫桑榆」。

三四句謂本思同葬林下，不料故友已立華表。

五句摘瓜蔓，謂英年早逝，六句用王維「遍插茱萸少一人」之文典，謂人去不能復得。二句對仗甚爲巧妙。

七、八句明似矛盾，其實正符人生眞相。

「萬感俱」三字，籠罩二篇。

六十、辛亥三月九日宿囊山

　　已買荒山卜毳藏，豈知來此借禪牀？旁人盡怪病摩詰，送
　　客不嫌窮孟嘗。皓白群仙應笑老，昏花太乙謾分光。何時
　　鄰里持牛酒？卻賀先生返故鄉。（卷十八，頁 1011）

此詩作於淳祐十一年（1251 年）。

首句謂己已買山卜居，以襯托次句之遊山。「借禪牀」三字有味。

三句謂已老衰多病，四句謂己雖窮，仍能接交僧侶閒人。以「病
摩詰」對「窮孟嘗」，眞是妙想天開，有東坡之幽默風味。

五句拈群仙，六句用太乙眞人，俱以烘襯自己遊山之逍遙。

七、八自說自話，企請鄰里牛酒來賀，蓋此時歸鄉不久，猶自喜
不自勝也。

六十一、送日老住九座山

　　瓶錫飛來方款曲，旛華迎去倏分離。草眠氊睡身皆穩，刀
　　割香塗佛豈知？守土親爲大檀越，開山留下廢砧基。直須
　　金碧千間了，卻訪溪庵亦未遲。（卷二十二，頁 1234）

此詩作於寶祐三年（1255 年）。

九座山，仙遊縣西北七十里，八峰繞一峯，故名。山下有九座院，
唐僧智廣建。

首二句謂和尚來去於此。

三句謂心定則草、氊一如，總能安眠。四句謂人間刀割、塗香，
佛皆不知，佛自是佛，不同凡俗。

五句指莆田縣令潘墀曾延日老住九座山，六句謂山中尚存唐僧開
關時之遺基。

末二句謂林日老已住此山，我異日亦將訪此。七句乃夸飾助興之
辭。

六十二、余平生不至廬山，六月廿八日，夜夢同孫季蕃遊焉。林木參天，瀑聲如雷。山中物色良是，一刹甚幽邃。傍人告曰：「此有不出院僧。」余與季蕃欣然訪之，語未終而覺，將曉矣，窗外簷溜淋浪，記以二詩

似與孫郎有宿期，共穿紫翠探幽奇。水簾噴雪非常爽，火傘張空了不知。蒙衲僧寧非惠遠，結茅人莫是凝之？惜今粉繪無名筆，尚可追摹入拙詩。（卷廿五，頁 1394）

此詩作於寶祐五年（1257 年），奉祠家居時。

此為夢中詩，作者實不曾真遊廬山。

首二句實寫夢遊之況。「穿紫翠」，穿越紫翠色之風景也。

三、四句水簾乃據知識及夢景所擬；火傘假擬而似真。二句對得平易而妙。

五、六句將夢中「不出院僧」假設為惠遠、王凝之。此蓋夢外之想像。

七、八句以一惜為結，惜山中無名畫，足成全篇。

六十三、同上題之二

泉聲瀧瀧樹蒼蒼，云有高僧占一房。糧絕罕曾起煙火，佛來不肯下禪牀。緇流誰可傳宗旨，黃敕難招坐道場。何必真分一間住，偶為但過亦清涼。（卷廿五，頁 1394）

首句寫山景，聲色俱全。次句敘事如前述。

三句言此僧之不食人間烟火，四句詠此僧之自成境界——不佞佛，不恃佛。

五、六句繼之，謂誰也不能動搖他。

七、八句謂人何必卜住廬山，偶爾一遊亦佳矣。

四聯疏而實密，詠山不如詠僧。

二詩既出於夢幻，遂覺稍乏真實感。

六十四、登封泰山

　　天下名山眾，巖巖獨岱崇。聖朝久熙洽，天子乃登封。清蹕
臨危頂，鉤陳備㣤容。下觀紅日出，中起白雲濃。太史陪
祠見，燕公載筆從。安知千載後，樵者斧壇松？（卷廿八，
頁1520）

　　此題他人亦有所作，乃指天子登泰山以祭天之典禮。

　　此詩作于寶祐六年（1258年）。

　　首句用以烘托次句。

　　三句用以輔助四句。

　　五、六句描寫登封之儀仗。

　　七、八句寫景，且和入人氣。

　　九、十句二寫陪祭之臣：燕公，指張說：「及將東封，授說爲右
丞相兼中書令……蓋勒成岱宗，以明宰相佐成王化也。說又撰〈封禪
壇頌〉，以紀聖德。」（《舊唐書・張說傳》）

　　末二句預說未來，寓滄海桑田之旨。因此二句，可免一味歌功頌
德之嫌。

六十五、寄題小孤山二首之一

　　鼻祖耳孫同嗜好，買山世世種梅花。直從和靖先生戶，割
上寒齋處士家。（卷卅二，頁1758）

　　此詩作於景定三年（1262年）。

　　小孤山，林光朝（艾軒，寒翁）之齋甚樸，亭台草草，柳風容月，
足以吹面照懷。二子亦隱居，因先人之舊，稍推廣之，植梅數百株，
增屋數百楹，曰付珠，乃二子自名，自箋其義曰小孤山，則克莊所命
名。小孤山，當年林逋所居也。克莊有〈小孤山記〉一文記之。

　　首二句把林家父子擬成鼻祖耳孫，可發噱，或者以林逋爲「鼻祖」
亦未可知。次句七字尤爽人神思。

　　三、四句更寫出淵源。「割上」二字奇絕。

六十六、寄題小孤山二首之二

　　　梅花種子無窮盡，和靖何曾占斷休？若向鼻端參得透，孤
　　　山不必在杭州。（卷32，頁1758）

　　首句「種子無窮盡」五字，予人生生不息之感，且有芬芳滿天下
之意味。

　　二句思遠。

　　三句、四句更擴大其境趣。

　　全詩似乎有箴規之意，不必謂意藏諷嘲也。

六十七、與林中書李禮部同宿囊山三首之一

　　　儒公巨擘竹溪公，來憩棠陰訪老農。劉子前身漢中壘，李
　　　侯今代柳南宮。約靈澈共遊林下，愛涅槃常坐塔中。莫把
　　　兩賢儕一叟，彈冠不與掛冠同。（卷37，頁1971）

　　此詩作於咸淳元年（1265年）。

　　林中書謂林希逸－竹溪，李禮部謂李丑父。囊山已見前，在莆田
城外東北。

　　靈澈，唐僧，俗姓湯，常與皎然遊，著有詩集及《律宗引原》。

　　首句頌林中書，次句繼之。

　　三、四句以二古人喻同遊者，「劉子」，或另一同遊者，或喻林中
書，「李侯」指李丑父。

　　五、六句靈澈以喻同遊之僧人，六句寫山寺中僧人。

　　七、八二句有些逗趣，二賢仍在仕途，故曰彈冠，克莊自己已經
歸隱，故曰掛冠。三人同遊，而身分不同，諸君莫把我仨搞混了。

六十八、同上題之二

　　　三儒夜話俱忘寢，戶外從橫臥僕夫。椰腹枯來即書簏，芋
　　　頭煨熟當行廚。謫仙豈是無詩種？處士相傳有句圖。師服
　　　何曾能把筆，短章吟就改還塗。（同上）

　　首句三儒，指克莊與林、李二賢。戶外僕人縱橫臥地，是寫實也

足添增氣氛。

三句謂以椰殼為書箱，四句謂以芋頭為食物。山居生活之風味，盡在此中。

五、六並述吟詩，卻寫得生動活潑，不嫌合掌。

七句以師服（古人）自比，仍寓自謙之旨。

六十九、同上題之三

二妙相從寂寞濱，山靈怪有此佳賓。作桑下夢才三宿，比橘中翁少一人。剪截錦机輸子巧，分張寶藏拔予貧。臨岐但祝俱黃髮，莫把華簪換角巾。（同上）

二妙仍指林、李二賢，次句山靈，乃無中生有，但可以小補全詩未寫山景之憾。

三句用一、三、三句法，拗口而有味，告知讀者此遊互三日夜。橘中翁不詳，蓋古之四（五）賢者或隱者。

五、六句仍是說吟詩，寶藏也是指詩文吧。

七、八句互祝長壽、高隱自得。

七十、辟支巖

不上巖來四十年，高僧滅度我皤然。歸蔥嶺路止雙屨，訪草庵基無一椽。狂欲片帆浮巨浸，老扶雙拐到危巔。誰人肯伴黃師伯？何不旁邊著兩禪？（謂祖賢、立堅。）（卷37，頁1972）

此詩亦作於咸淳元年。

辟支巖，在囊山，已見前。

首二句破題，前有〈訪辟支巖絕頂二僧值雨〉（卷二），此處之「高僧滅度」應即指二僧。距今已四十五年。

三句蔥嶺乃設喻之辭，四句描寫草庵荒蕪。

祖賢，俗姓饒，幼棄家遊諸方，求道甚苦。入閩居辟支巖，上絕頂趺坐，日啖乾糧半掬，既盡，代以草根木石，樵者以為鬼，惟長老

祖洪獨加敬。卒年僧臘三十七。立堅不詳。

黃師伯不詳，或指祖洪。

七、八句仍不外懷思之忱。

全詩只「葱嶺」、「危巔」直接涉及山嶺。

七十一、再和宿囊山三首

恰似病沙門退院，又如老禪錄歸農。素無才調宴三閣，不願歌詞傳六宮。萬首漏名宗派裏，百年占籍醉鄉中。暮齡喜共樵夫語，懶與諸儒論異同。（卷37，頁1973）

此詩與下二詩亦作於淳祐元年。

首二句復用二、三、二句法，不嫌拗口。乃以沙門、禪師自喻兼喻友。

三、四句謂野逸之身，吟唱自如，不爲歌功頌德也。仍不避合掌之嫌。三閣、六宮，負面立言，亦能小添風致。

五句言詩，六句說酒，却寫得灑脫，六句尤然。

七句明言親樵農，八句直說疏諸儒，快哉！

七十二、同上題之二

乞骸不作凝香守，掩鼻難隨逐臭夫。牛角書堪教村學，魚羹飯勝食堂廚。門無喜鵲傳朝報，笥有懸鶉拆海圖。常敬淵明歸去早，村翁晚始覺迷塗。（同上）

首句自謙老退，次句自明素志。

三四句寫山居生活——教村童、吃魚羹。

五句謂遠離朝廷，六句說生涯簡樸，用杜甫〈北征〉「海圖拆波濤……」之文典。

七句以陶淵明爲範，八句自稱「村翁」，愧慚己之晚覺。結得純正。

全詩寫山居生活而無山景。

七十三、同上題之三

> 未能葱嶺從初祖，也不蓬萊訪洞賓。煎鳳髓須還此老，執
> 牛耳更屬何人？笈儲丹藥隄防病，案設圖書粉飾貧。老覺
> 爲僧差省事，韓公何必強冠巾？（卷37，頁1973）

首句遺憾未能從達摩得道，次句嚮往訪呂洞賓成仙。

三、四句謂學道還須仰賴高僧：當指四十五年前之兩位囊山和尙。

五、六寫山居生涯：儲丹藥防病，設圖書飾貧。「粉飾」二字在此用得俏皮。

末二句謂老來退隱，若出家爲僧，一了百了，故曰「差省事」。末句以韓公代一切文人。

七十四、紫雲洞

> 曾瞞張茂先，亦誑關尹喜。嗟余雙眼白，任汝半空紫。（卷
> 37，頁1987）

按此詩亦作於咸淳元年，乃「石竺山二十詠」之一。山在福清縣境內，昔羽人今衲子居之，喜壹恭鼎新此山，繪圖向竹溪、亭山求詩，克莊亦繼作。

首二句謂張華、關尹喜曾遊此。關尹喜部分只能是出自擬想。

三、四句巧對：眼白者，眼花也，視覺蒙昧。半空紫則描繪紫雲洞之特殊景致。

此詩三人一景。「任」字入神。

七十五、石室

> 僅可著孤身，何曾有四鄰。切須留一塌，讓與細書人。（同
> 上，頁1988）

此亦石竺山二十詠之一，下十七首同（「伏虎石」一首因不完整從缺。）

首二句寫石室之特徵。三句衍生，四句謂己，欲細書此山山景，故須夜宿於此以體驗之。

起承轉合，條理井然。

七十六、上昇壇

恰召陽翁伯，俄徵謝自然。不知玉樓上，幾箇是詩仙？（同上）

陽翁伯，事親以孝，葬父母於無終山，有人以白玉一升與之，令其種之，當生美玉，果生白璧長二尺者數雙。謝自然，蜀地女仙。

以玉樓描述上昇壇，虛擬召徵二仙。三句一轉：壇上之人，幾個是詩仙？詩人乎，仙人乎？莫非二者本不可分也？

全詩除「玉樓上」三字上，全然是虛設。妙。

七十七、仙龜蛇山

聞說均州景，而今浣戰塵。應隨黑煞帝，避地肯來閩？（同上）

均州武當山，真武上昇之地，其靈應如響。均州未變亂前，轎至，聖降筆曰：「北方黑煞來，吾當避之。」繼而真武在大松頂現身，民皆見之。

此詩用《貴耳集》傳說推衍。真武神跡，今蒙戰塵。末二句謂人們隨戰亂來閩避世亂。

全詩未寫龜蛇之景，是一大憾。

七十八、朝斗石

吾脚今無力，安能跪鞠躬？北瞻韓吏部，南仰狄梁公。（同上）

朝斗石，朝拜北斗之巨石也。

二句憾己老而乏力，不能跪拜。

三、四仰慕古人：韓愈、狄仁傑。以此喻北斗之高，此石之險巇。

如此布局，亦云奇矣。

七十九、仙鶴影

乍見作飛勢，細聽無唳聲。雪翎差髣髴，丹頂不分明。（同上）

此詩全然寫景，甚爲生動。

首二句是耶非耶，得「仙鶴影」一景之神韻。

三、四句補飾之。

此詩結構，可作二解：一、起承轉轉，一、起承承承。不合而自合。

八十、雙鯉石

點額有墨痕，剖腹無素書。俗視如頑石，仙騎上太虛。（同上，頁 1989）

由雙鯉著眼，先說點額，「墨痕」者，或爲文人墨客之題詠。次說無：此石畢竟非鯉。

三句一轉：俗人只見頑石，四句合：安知仙騎曾由此昇空。

八十一、棋盤石

元不識死活，偶然逢二仙。昔與牧奴戲，今饒國手先。（同上）

此詩不正面描寫棋盤石，却用王質入洞見二仙下棋之典故，肆意發揮。

三、四句巧說：假想王質由一樵夫化成著棋高手。

首句「原不知死活」，是雙關語：棋之死活，人之死活。

仙人之啓示，豈在一隅之間？

八十二、丹竈

白公詩酒人，惜也不聞道。乍可無除書，不可壞丹竈。（同上）

首句用白居易破題：「詩酒人」三字涵義飽滿。二句跌宕生姿。

三句謂人可不作官，不可不求仙，求解脱之道。

二字一目，騁思千里。

八十三、濟貧笋

自饑猶可忍，民饑誰惻隱？吾評首陽薇，不若石竺笋。（同
上）

濟貧笋一目，題詠得好。己饑不如人饑重要，是「人饑己饑」一
語之引申義，出落得大方。

末二句尤其精彩：伯夷叔齊食薇而饑死，不如此笋之博施濟眾！

八十四、無盡泉

聖人稱水哉，晝夜流不息。東坡如萬斛，南華只五石。（同
上，頁1990）

此詩用三典說泉水。

一、論語記孔子語：「逝者如斯夫，不捨晝夜！」

二、東坡論文章語：「吾文如萬斛淵泉」。

三、莊子云五石水漿：〈逍遙遊〉：「魏王貽我大瓠之種，我樹之
成，而實五石，以盛水漿。」

「無盡」二字，乃在孔子語中。

不寫景而抒意，乃克莊慣技。

八十五、紫磨石

汞可點為金，鐵可浸為銅。勿使鍾官知，一朝比仙童。（同
上）

首二句實為傳說，不合化學物理。

三句一轉，鑄器之官，若知以上二說，或欲效仿，以成仙童仙人
之功。

紫磨石色紫，據傳為仙人磨物之處。

由虛入幻，此詩仍切題。

八十六、獅子峰

狼來咋吾羊，猩來竊吾酒。汝為百獸王，不聞一聲吼。（同
上）

此詩諧謔而擬人。

狼吃羊，猩盜酒，乃山中常事，以此起興，超越起承之義。

三句一轉，直扣獅子：不一吼，只是峰。合而不合。

八十七、象王峰

惜齒埋之土，何曾願世知？終爲交趾獻，亦被普賢騎。（同
上）

此詩又是化實爲虛。

首二句謂象牙珍貴，此峯似象而不見齒，必是已埋於土中，不願
世人知。

三四句用典，交趾國貢象，普賢大士乘象教化。

是寫象不是寫象王峰。

八十八、補陀巖

嗒然蒙一衲，趺坐不知年。處處神通現，何須海岸邊？（同
上）

首二句寫景如畫。此巖全似一頭陀。

三、四句擴大其境域。謂補陀處處顯聖，不限於海隅之補陀巖處
也。

補陀，猶言普陀，是梵語，義爲白華（花）。

八十九、羅漢台

海島五百士，劉郎盧亦深。不似阿羅漢，神通無處尋。（同
上，頁 1991）

田橫五百壯士在劉邦稱王統一天下之後，相率自殺。次句劉郎應
指劉邦，盧深，謂容不得如此義士也。

三、四句猛地一轉，說到阿羅漢之神通不可測，以此歌頌羅漢台
之佳妙。一、二句之烘襯，至此乃見功效。

由田而劉而羅漢，馳思奇特。

九十、半山亭

> 此來爲嘉處，高猶在絕巔。吾衰中道廢，汝少更加前。（卷
> 37，頁 1991）

首句直稱半山亭爲佳所；半山之上，自然有絕頂。

三句謂己年老力衰，只能止於此處。

四句勉勵另二位比自己少壯的遊伴繼續上前。

全是說人，以山以亭爲襯。

九十一、洗耳泉（林、李所賦止十九首，余按圖補足之。）

> 力却帝堯禪，猶爲潁（潁）水羞。似曾洗渠耳，不可飲吾
> 牛。（同上）

許由拒絕唐堯的徵辟，且洗耳於潁水，巢父見而問其故，乃曰：
「吾欲飲牛，污吾牛口。」遂牽牛至上流飲之。事見《高士傳》。

此詩將由、父故事驅梧成句。「羞」字使得重而輕，「似」字狡獪。

雖未有一字描寫此景，却將命名之旨趣詮釋得十分透徹。

九十二、次兩紫薇共游黃蘗韵

> 仰攀栖鶻手捫天，俯看靈虬卧泓淵。廉使昉於今易位（？），
> 祖師曾向此安禪。絕憐雪瀑飛千丈，頗欲陰崖結數椽。老
> 病不能扶杖出，讓他李郭做神仙。（卷38，頁 2047）

此詩作於咸淳二年（1266 年）。

兩紫薇，指林希逸及劉震孫。

黃蘗山在福清縣。

首句豪放，次句驚聳。

三、四句謂此地神聖，爲祖師安禪之處，今乃有官員來尋訪。

五句寫瀑景，六句說愛羨之意。恰好形成流水對。

七、八句謂己衰不能登山，任林、劉二人登高做神仙。李郭，指
後漢人李膺與郭泰，二人同舟而濟，喻友人之親迎。

九十三、壺山一首

> 俯瞰二州煙晻靄，遙瞻八面壁崔嵬。乃知仙聖門庭廣，也
> 放長房跳入來。（卷46，頁2395）

此詩作於咸淳四年（1268年）。

壺山，在福建興化軍治。

首句寫景，次句繼之。晻靄、崔嵬，已盡得此山神髓。

三句一轉，謂此山乃造化（仙聖）傑作，廣大寬濶。

四句更轉開去，用費長房跳入壺中憩息典故，直扣「壺」字。

究其實，四句是轉也是合。

以上九十三首詠山詩，是最廣義的，包括遊山詩及夢山詩在內。
它們大約有以下七個特色：

一、近體、古體各半，古體略多。長篇約占五分之一。

二、描寫山景山姿者較少，寫山情或借題發揮者較多，還有一些
抒寫山居生活的。

三、多用白描或直抒，少用比喻，典故用得比譬喻多些。對仗多
巧妙。

四、多寫福建境內，克莊家鄉莆田附近的山景山形。還有一些湖
南、廣西的山。

五、「山」包括嶺、峯、巖、洞及山中建築物如寺廟、道觀等。

六、許多作品情重於景，有時表現言外之意，山外之思。

七、九十三首作品多為中上品，偶有中下品。

第二章　詠水詩

一、第三龍湫

絕頂謁龍公，森寒石作宮。路盤青壁上，瀑瀉白雲中。僧說聞雷出，人疑與海通。幾時陰晦夜，來此看拏空？（卷一，頁9）

此詩作於開禧三年（1207年）左右。

第三龍湫，即黃蘗山之瀑布龍潭。

首句龍公乃虛設語，次句石宮則實寫。

三、四句對仗得巧，抒寫得工。

五、六句對用僧與人，可視作互文。雷喻瀑聲之喧響，「與海通」是「疑」，是幻想。

七、八假設暗夜觀此瀑景，更不同凡響。

此詩由虛想始，以虛設終，中間則虛虛實實，歷落成篇。

二、漁梁

春泥滑滑雨絲絲，一路陰寒少霽時。水入陂渠喧似瀑，雲從山崦上如炊。燎衣去傍田家火，炙燭來看野店詩。落盡梅花心事惡，獨搔蓬鬢遶殘枝。（卷一，頁40）

此詩約作於嘉定十年（1217年）左右。

此漁梁應在莆田縣境內。

首二句寫天候：泥、雨、陰寒。作為漁梁之自然背景。

三句寫水之喧嘩，四句描雲之美姿。

五句傍火，六句看詩，「田家」、「野店」為對，渾然天成。

七句雅，八句癡。正好流露作者之性情。

三、豫章溝二首之一

溝水泠泠草樹香，獨穿支徑入垂楊。薺花滿地無人見，唯有山蜂度短牆。（卷一，頁 64）

此詩約作於嘉定十二年（1219 年）左右。

豫章溝在江西東湖東北，舊防東湖水溢為溝，東折出城，以殺其勢。

首二句寫景又真實又優美，有視覺、有聽覺，有嗅覺，包含四個意象。

三句薺花實，無人虛，四句山蜂、短牆俱實。

一幅圖畫，水只一見（次句隱之）。

四、豫章溝二首之二

野店蕭蕭掩竹門，岸沙猶記履綦痕。東風枉是吹花急，綠盡平蕪却斷魂。（卷一，頁 65）

此詩與上詩乃同時之作。

首句寫野店掩門，次句寫岸沙有痕。

三句東風吹花，「枉是」二字入神。下接「斷魂」。「綠盡」有王安石「春風又綠江南岸」之風致。

無一字寫溝水，但其魂魄恍惚存焉。

五、歸至武陽渡

夾岸盲風掃楝花，高城已近被雲遮。遮時留取城西塔，蓬底歸人要認家。（卷一，頁 72）

此詩寫作時間同上二首。

武陽渡，在南昌縣長定鄉，即避邪渡，乃漸山盡處。

　　首句寫渡頭兩岸之景，「盲風」二字出神，楝花生長開放於初夏，楝花風爲二十四番花信風之末。

　　二句高城應指南昌城。風吹雲遮成意涵之對。

　　三句巧說雲有好心意，四句中「歸人」切題，「認家」親切。

　　未細寫渡頭本身之景象形態，但「渡」之意涵全在。

六、方湖泛舟得南字

　　　湖波經雨綠如藍，小艇閒攜客二三。墜絮颭萍生細浪，驚魚避鷺沒深潭。入荷似覺傍無岸，穿石方知上有巖。却憑朱樓同望海，一規寒玉帖西南。（卷二，頁110）

　　此詩作於嘉定十二年（1219年）。

　　方湖，疑即方信孺所鑿之蒲田城南壽湖，後村屢遊其地。

　　首句寫湖水，次句寫遊艇及遊湖客。

　　三、四句貫連六個意象，翩翩生姿。

　　五、六句抒寫遊湖之感覺。

　　七、八句寫上樓望海之景象：一規寒玉，喻落日也。

　　全詩完全寫景，五、六、七句含情。

七、方寺丞艇子初成

　　　船成莫厭野人過，久欲從公具釣蓑。積雨晴來湖面闊，殘花落盡樹陰多。新營小店皆依柳，舊有危亭尚隔荷。所恨前峯含暝色，不然和月宿煙波。（卷二，頁115）

　　此詩作于前詩同時。

　　方寺丞，指方信孺，克莊好友。

　　首句破題，野人乃後村自稱之詞。次句續成其意。

　　三句寫湖景，四句寫岸景，互補互輔。

　　五、六句再補足岸上遠近之景。

　　七、八句說此中憾事，八句仍示現假擬之夜遊。

　　全詩中四句寫景，首二、末二記事抒情。

八、孟夏泛方湖得同字

長笛橫吹露滿空，柂行渾不辨西東。岸回初見遙峰出，浦
盡新疏別港通。月照鷺身明石畔，風翻雲影沒荷中。書生
此樂關時命，歎息無因夜夜同。（卷二，頁 118）

此詩亦作於同時。

與上一首可謂姊妹作。

首二句寫遊湖景象，比前首增一長笛，且以之開頭起航，別具風
致。

三、四句純粹寫景，但處處生色，對仗亦工。

五、六句更勝一籌，六個意象個個鮮明，搭配成國畫倩景。

七句太誇張，八句便不覺生色。

九、又得湖字

帝賜先生一曲湖，畫船領客泛菰蒲。覆茅亭子尋猶遠，隔
柳人家看似無。渴嗜瀑泉頻遣汲，醉行釣岸屢嗔扶。假令
不立功名死，史筆須編入酒徒。（卷二，頁 119）

此詩亦作於同時，為同題之姊妹作。一吟二吟之不足，再吟此湖，
且用湖字為韵。

首句增添此湖身分，次句寫景記事。

三、四句串寫遠景，「看似無」尤好。

五、六句飲瀑、醉行，「遣汲」、「嗔扶」之受語（僕人）皆同，
却不著一字。

末二句大有李白〈將進酒〉「古來聖賢皆寂寞，唯有飲者留其名。」
的意涵。

此詩寫遊湖却終於「酒徒」，妙！

十、宿千歲庵龍泉

因愛庵前一脈泉，襆衾求此借房眠。驟聞將謂溪當戶，久
聽翻疑屋是船。變作怒聲尤壯偉，滴成細點更清圓。君看

　　　　昔日蘭亭帖，亦把湍流替管絃。（卷二，頁 132）

　　此詩作於嘉定十二年（1219 年）。

　　千歲庵，疑在方信孺西山瀑布泉。

　　首二句破題：字字照顧到了。

　　溪當戶、屋是船，設想甚巧，使人讀之，如身歷其境。二句對仗得亦好。

　　五句寫其壯偉，六句描其清圓，有聲有色。

　　七、八兩句以王羲之〈蘭亭集序〉爲喻，湍流其實是音樂，是天籟。

十一、題方寺丞西山瀑布亭

　　　　與客窮源上盡山，林霏初卷嶺泥乾。似嫌甲第施朱戟，別
　　　　築茅亭對碧湍。龍怒豈容緣磴汲？電寒不敢近崖看。平生
　　　　頗有登臨膽，今日憑高立未安。（卷二，頁 133）

　　此詩與前詩同時作。

　　此瀑布亭在莆田縣，其地又名西淙瀑布泉，在府城西南文斌里西重院之上，瀑流懸崖如練。

　　首二句寫登山窮源之光景。

　　三、四句有趣：朱戟甲第未免太俗，故築茅亭，前對碧流，乃大雅之事。

　　五、六句寫瀑布之高危急湍。「豈容」、「不敢」，不嫌合掌。

　　七、八兩句之收結，不免太平。

　　除四句外，未見正面寫亭，故列此詩入詠水詩類。

十二、別翁定宿瀑上

　　　　偶送詩人共宿山，擁爐吹燭聽潺湲。已修茗事將安枕，因
　　　　看梅花復啓關。崖色無苔通澗底，月光如練抹林間。平生
　　　　所歷同郵寄，獨到庵中不忍還。（卷三，頁 153）

　　此詩作於嘉定十三年（1220 年）。

翁定，克莊老友，建安人，字應叟，工律詩，有《瓜圃集》。

此詩中之瀑，仍是莆田郊外之瀑泉。

首二句破題充足。爐、燭火也，泉聲水也。

三、四句飲茗、看梅，配以安枕、開門，十分勻稱。

五、六句寫景格外入神，「無苔」乃以無為有之妙筆。上下齊顧矣。

七、八句以平生郵寄對獨到庵中，甚好。「獨」字非孤獨義，乃指「唯有」。

二人友誼泯沒在佳景天籟中。

十三、溪西

> 暮止西溪宿，喧呼聒四鄰。滿村無別姓，比屋喜坐人。解塌勤為黍，烘衣許覓薪。客房惟有月，偏照不眠身。（卷三，頁 169）

此詩作於嘉定十四年（1221 年）。

溪西，當指莆田附近之木蘭溪。

首句破題，次句實描，乃倒裝句。

三句記村中人同一姓，四句寫他們愛客之情。

五、六句寫待客的細節，親切而不誇張。

七、八句以「惟有月」顯示居室之儉樸，同時展現一些異地為宿之浪漫情調。

全詩平實，不寫溪而寫居室、村人。

十四、鯉湖

> 凡是龍居處，皆難敵此泉。下窮源至海，上有穴通天。小派猶成瀑，低峰亦起煙。莫疑乘鯉事，能住即能仙。（卷三，頁 173）

此詩亦作於嘉定十四年。

鯉湖：在興化縣西南四十里，兩石之間，石底徑兩里許，平遠如

削，上下三漈，源流甚遠。春水時至，瀰漫其上，有石如煙突，水滙流其中。跑跑洶洶，潴爲湖，深不可測。昔有何氏兄弟九人於此煉丹，丹成，乘九鯉仙去，今台棋秤藥爐丹竈尚存。

泉必有龍，古人所信，故有首二句，推崇之意了然可見。

三、四句說得神奇，不免夸飾。

五句實寫，六句平而入妙。

七句述乘鯉成仙之典，八句自出禪理。

此詩磊磊落落，誦之爽神。

十五、擷陽塘

> 塘水年時似練湖，春來亦已化平蕪。農官久廢存遺址，樵
> 子公行作坦途。葦折鷺藏身不得，萍乾魚以沫相濡。桔橰
> 伊軋聲如泣，借問龍宮睡穩無？（卷三，頁 192）

此詩亦作於同年。

擷陽塘在莆田縣，唐貞觀五年置，周迴十里，溉田二百頃。宋時闊三十丈，斗門一，內外洋溝圳大小一十七，溉田一百〇八頃，後改名勝壽塘。

練湖，又名後湖，在鎮江府丹陽縣北四十里。爲當地勝景之一。

首二句實寫此塘之滄桑變化。

三、四句續述其變。塘已成坦途矣。

五、六句復承上四，葦折、鷺不復能藏身；萍乾者，塘水乾涸也，因而眾魚只好如《莊子》所載，相濡以沫，這也可能是虛擬之辭。

七、八續寫其廢落之狀。桔橰聲如泣，龍宮睡不穩。

塘也，水之宗也，今乃「萍乾」、「化平蕪」，令人讀之興慨。

十六、夜飲方湖

> 貪聽月下小叢歌，擲去金蕉吸碧荷。四面涼如浮震澤，五
> 更渴欲挽斜河。古稱賢達誰存者？今不懂娛奈老何！長笑
> 峴山空感慨，羊公湛輩兩消磨。（卷4，頁 222）

此詩亦爲嘉定十四年（1221年）所作。

小叢：乃去籍之妓盛小叢，官人等餞行，時請她作歌，在座各爲一絕云。

首句實寫，擲蕉吸荷，當爲在座諸客之兩種動作，吸荷，採荷也。

三句比方湖爲太湖，四句說天象：銀河灼灼，「挽」字有致。

五、六句感慨人生短暫，當及時行樂。流水對。

羊祜樂山水，每風景必造峴山，置酒言詠，終日不倦。曾慨謂從事中郎鄒湛等曰：「自有宇宙便有此山，由來賢達勝士，登此遠望，如我與卿者多矣，皆湮滅無聞，使人悲傷。如百歲後有知，魂魄猶應登此也。」湛曰：「公德冠四海，道嗣前哲，令聞令望，必與此山俱傳。至若湛輩，乃當如公言耳。」

末二句不但照應五句，且點出此詩主題。以「長笑」始，頗見意興，以「兩消磨」終，別具宗旨。

全詩唯二、三句略見湖景湖意。

十七、瀑上值雨

絕頂嵐煙合，危亭略見簷。不知山雨過，但覺瀑流添。悲壯張瑤琴，迷濛展畫縑。野人雙草履，來往任泥霑。（卷4，頁224）

此詩亦作於嘉定十四年，瀑上，指莆田之泉瀑。

前二句寫實生動，「嵐煙合」烘托瀑泉，「略見簷」如畫。

三、四句巧述泉瀑添之因果。

五六句謂此景如樂如畫，却以「悲壯」、「迷濛」狀之，「張」、「展」二動詞一併著力。

七句自稱野人，八句以「任泥霑」作結，自然親切。首嵐末泥，雲煙繚繞。

十八、七月二十日自瀑上先歸，方寺丞遣詩，誇雷雨之壯，次韻一首

城裏遙看雨出時，想公筆墨發雄奇。山深龍虎飛騰變，海運鯤鵬瞬息移。凜凜前鋒如赴敵，堂堂迴勢似歸師。驅還始悟山靈意，怕向蒼崖寫惡詩。（卷4，頁253）

此詩創作時間同前首。地亦相同。

首二句破題，全包題意。

三、四句寫瀑泉之形勢，以龍虎鯤鵬四動物爲主軸，令人聯想至逍遙遊，氣息攝人。

五、六以赴敵、班師爲喻，以瀑增力。

七、八句悟山靈、怕寫詩，無非自謙之意，亦以烘染瀑泉之壯闊偉大也。

十九、和方孚若瀑上種梅五首之一

仙翁小試春風手，高拂茅簷矮映窗。選勝多依巖蝀種，愛奇或併樹身扛。海山大士寒蒙衲，月殿仙姝夜擁幢。商略此花宜茗飲，不消銀燭綵纏缸。（卷5，頁263）

此詩及下四首皆嘉定十四年作品。

海山大士，指觀音大士，海山謂南海洛迦山。王質〈滿江紅〉：「方丈，維摩，蒙衲被都齊不省。」

月殿仙姝指嫦娥，擁幢，謂擁幢旌。

首句稱方孚若爲仙翁，既是尊敬之詞，亦略有諧戲之意。十字狀種梅。

三、四句細寫梅之生態，四句尤奇。

五、六句用二喻寫梅，妙想入神。

七、八句謂飲茗賞梅，必大張旗鼓，即成雅事。

瀑爲背景，梅爲主角。

二十、前題之二

天賜梅花爲受用，繽紛玉雪被層矸。素芳林下超群匹，繁
蕊枝頭巧疊雙。朧月照時霜剪剪，澗風吹處水淙淙。主人
筆力迴元化，催發何須仗鼓腔？（同上）

首句爲梅添身分，次句以玉雪二喻爲主幹。

三句「疊匹」一作「群品」，亦可通。兩句寫梅稍嫌浮泛。

五句又以霜喻梅，以月色爲輔。六句方著墨於瀑。

七、八兩句稱許方氏筆力，又寓自謙之意焉。

二十一、前題之三

瀑映梅花何所似？蚌胎蟾彩浴寒江。夢回東閣頻添興，吟
到西湖始豎降。雪屋戀香開紙帳，月窗憐影掩書缸。若將
漢晉聞人比，不是淵明即老龐。（同上，頁264）

首句直詰，次句自答：蚌胎蟾彩二喻，應示梅有紅、白二色。寒
江暗指瀑泉。

三句虛擬若眞，四句謂此梅只有到西湖林逋居士之梅妻面前，方
才降伏。

五句巧喻，六句映稱之。

七、八句灑將開去，以晉代詩人陶淵明和後漢高士龐德公之高風
亮節及瀟灑襟懷烘托梅花梅樹。

此詩多喻多典故，在克莊詩中比較少見。

二十二、前題之四

百匝千回看不足，管他急雪濺奔瀧。瑤林錯立明梁苑，寶
璐橫陳照楚邦。愛殺嚼芳仍嗅蕊，吟狂哆口更疏龐。曉來
翠羽驚飛去，應爲煙鐘樹杪撞。（同上）

首二句可視作互相倒置：二句以「急雪濺奔瀧」比喻瀑泉佳景，
首句讚其屢看不厭。

三句以梁苑稱許之，又以瑤林喻之，雪也玉也，前（二首）已有

之，但彼乃合吟，此則分譬。四句復喻爲璐，不免合掌之失。錯立、橫陳，亦換字未換意。

五句有味覺有嗅覺，六句詠吟弄之趣。「疏龐」略嫌費解。疏而復密之義乎？

七句驟出翠鳥，是一突破，八句以「撞」作結，亦妙，借此喻梅之迷人兼迷鳥也。

二十三、前題之五

欲賦梅花材藻盡，公分生意到枯椿。鉅題昔只韓聯孟，妙手今惟羿愈逄。守穀尚煩看杏虎，護花難少吠籬厖。丹崖翠壁宜揮掃，只要游人筆似杠。（卷五，頁264）

首二句自謙才不如方孚若。「分生意」有味。

三、四句以韓愈、孟郊聯句爲旁喻，以后羿、逄蒙師弟比方與己。乃一、二句之延展。

五句用《神仙傳》典：杏子大熟時，董奉語人曰：「欲買杏者，不須來報，徑自取之。得將穀一器置倉中，即自往取一器杏。」有一穀少而取杏多者，即有三四頭虎噬逐之，此人懼走，杏即傾覆，虎乃返。又有人空手往偷杏，虎逐之，到其家嚙死之，家人知是偷杏，遂送杏還，叩頭謝過，死者即復活。連下句蓋謂守花有犬也。

七句說掃崖壁，八句續之，謂庶宜遊人題詩也。

全詩說梅未說瀑。

二十四、賦淙瀑布得斷字

蒼山七百畝，主人新買斷。于時積霧開，素瀑掛青漢。泠泠瑟初鏗，璀璀珠乍貫。久晴雨瓢翻，忽暖冰柱泮。恍如白浪湧，翔舞下鳧雁。又疑黃河決，滎祭沈玉瓚。不然蟒出穴，或是虹吸澗。客言下有潭，龍伏不可玩。攫挐起雲氣，噴薄蘇歲旱。平生愛奇心，欲此築飛觀。沿流踏淺清，陟巇騰汗漫。低頭拜主人，分我華山半。（卷五，頁268）

此詩亦作於同年。

首二句破題，介紹瀑布所在之山，面積和因緣。

三、四句主角出現，以積霧為前導，頗見氣派。

五、六句寫聲音，寫形象，都頗生動。

七、八句記晴雨之異態，瓢翻柱泮，是喻是形。

九、十句用二喻精彩。

十一、十二句再拿黃河為譬，復出玉瓚，乃大喻中之小喻。

十三、十四再來二喻，因有變化，不嫌其繁。

十五、十六句一懈，以客言調整步履。

十七、十八句繼上二句（「攖拏」乃龍之動作，「噴薄」亦然）。

十九、二十句乍出己思。

二十一、二十二句續寫遊興。

末二句謝主人，讚此山此瀑得華山之半，雖誇猶爽。

此詩串串連連，密密疏疏。入神之作也。

二十五、橫塘

水松百本映門栽，池上荷花似錦開。記取橫塘好風景，歸
程摹入小詩來。（卷五，頁 272，下同）

橫塘在莆田木蘭陂下，三小溝之一，在城東安樂里。

詩亦作於同年。

首二句寫水松寫花：一句「映門」生姿，次句「似錦」添趣。

三、四句只是衍飾。

此詩二物四句，只是簡單的素描。

二十六、蒜溪

日爍千山草樹然，海鄉極目少炊煙。蒜溪一脈涓涓水，只
綠西庵數丈田。（同上）

首句用「燃」添色，與上之「爍」字呼應。

次句附加說明，亦增首句勢態。

三、四句實寫，未免有些煞風景。是憾，或憾中有欣？後村愛用「綠」字爲動詞，此又一見。

二十七、十月二十二日夜同方寺丞宿瀑讀劉賓客集

> 瀑山木落霜寒夜，共讀吾家夢得詩。坐對遺編忘漏盡，手遮殘燭怕風吹。森嚴似聽元戎令，機警如看國手棋。千載愚溪相對壘，未應地下友微之。（卷五，頁280）

首句描景，次句破題。

三句狀沉迷讀詩集之態，四句增益其姿。

五句寫窗外瀑聲，六句仍寫讀詩之專注。

末二句謂二人與劉禹錫千古爲友，劉詩勝元詩多矣（按劉禹錫與元稹亦爲好友。）

此詩只二句有及於瀑，一明一暗。

二十八、游水南一首

> 九馬如飛不用鞭，微塵一道起晴川。有司誤謗爲山賊，好事訛傳是地仙。何處名樓風月爽？誰家修竹主人賢？橐詩三百高無價，難向旗亭當酒錢。（卷五，頁284）

此詩亦作於嘉定十四年。

水南，指木蘭溪南。

首二句描寫騎馬遊溪之狀。

三句抑，四句揚，一落一升差千丈。

五、六句以問代答，蓋此處名樓風月，主人修竹俱全也。

七、八句自嘲有三百首詩而乏酒錢。南宋畢竟不如盛唐，名詩不當酒資也。

是一首遊記詩，爲溪川添色不少。

二十九、宿別瀑上二首之一

> 十里荒荊手自開，屐痕歷歷在青苔。山中猨鳥愁予去，爭問先生幾日回。（卷五，頁286）

此詩作於嘉定十四年（1221 年）冬。

首句寫瀑上之景，次句滲入人跡。

三句寫猿和鳥，抒天人合一之懷。

四句足成之。此一問生新有神。

三十、宿別瀑上二首之一

兩日相疏鄙吝生，今當遠別若為情？夜窗看到千峯黑，枕
上猶貪落澗聲。（同上）

二詩皆為嘉定十四年冬應廣西帥胡槻之再招，決定赴桂行前別方
信孺宿西山瀑布泉之所作。

首句讚方謙己，三句寫二人友情。

三句、四句寫景兼寫情，千峰、澗聲，山水盡在於斯矣。

三十一、湘江一首

屈賈死將千載，劉君來泛湘江。沽酒偶留村店，看山不掩
船窗。（卷五，頁 309）

此詩乃作於嘉定十四年尾，赴桂途中。

湘江，自陽海發源，至零陵而會營水，合流之後叫做瀟湘。

首句懷二古人，二句自詠。

三首實寫途程之事，四句看山看船，均未正面寫湘江之水。

三十二、游水東諸洞次同游韵之一

桂山前未到，今日是初遊。招鶴登青巘，呼龍俯碧湫。深
蹊通秉炬，小竇劣容舟。豈敢輕題句？同官盡柳劉。（卷五，
頁 317）

此詩寫作時間同前，初到桂林時。

水東諸洞，水東指灘水以東。七星山在府城東三里，隔江，峰巒
並列如星象，中有棲霞洞，旁有元風洞，山下有冷水巖，山西南有龍
隱巖。桂林諸洞，不下百所，皆在城外數里，俱有可觀。

首二句介紹說明。

三、四句以二動物作媒，寫登山臨水之態。一實一虛。

五、六句續寫其遊程，「通」、「劣」相對不甚工。

七、八又是自謙之辭。此乃克莊慣習。

三十三、訾家洲之二

裴柳英靈渺莽中，鶴歸應不記遼東。遺基只有蛩鳴雨，往
事全如鳥印空。溪水無情流瀄瀄，海山依舊碧叢叢。斷碑莫
怪千迴讀，今代何人筆力同？（卷五，頁320）

此詩與前詩作于同時。

訾家洲，在臨桂縣東二里。訾氏故居，在灘水中央。唐元和十二
年御史中丞裴行立建，柳宗元為記刻石，有望月台。

首句說裴行立、柳宗元。次句用丁令威典，明示有鶴居此。

三句遺基，恐指望月台：「蛩鳴雨」與下句「鳥印空」對得真切，
但下句之鳥實為比喻。

五句寫水，六句描山，對仗自然。

七句寫出斷碑，八句意指美景難書。

此詩又是克莊寫景詩的基本模式：緣起、景物、補充、讚美。

三十四、泛西湖

桂湖亦在西，豈減潁與杭？丹橋抗崇榭，漾波浮輕航。休
沐陪勝踐，軒蓋何輝煌。停橈藕華中，一目千紅裳。詎知
白晝永，但覺朱夏涼。古洞半蕪廢，仙人今在亡。踞石散
醉髮，吸澗澆吟腸。延綠繚溪步，詰曲經禪房。野鳥啼密
竹，高蟬嘒踈楊。雖無絲管樂，談論諧宮商。諸君敏于詩，
援筆如蜚翔。顧予乏華藻，山雞追鷰凰。頗能讀古碑，所
恨侵夕陽。明發復擾擾，前游未可忘。（卷六，頁341）

此詩作於嘉定十六年（1224年）。

西湖，在臨桂府城西三里，環浸隱山六洞，闊七百餘畝，勝概甲
於一郡。

首二句以此西湖比匹杭州、潁州之西湖。

三、四句列出四意象：橋、榭、波、船。已經面面俱到了。

五、六句寫遊人之盛。

七、八句藕華（荷花）出現，以千紅裳喻之，十分醒目。

九、十句明寫白晝、朱夏，實抒其美好感受。

十一、十二句嘆惜洞蕪仙亡。

十三、十四句寫遊湖時之狂態，意興干雲。後句尤入神。

十五、十六句續寫遊程。

十七、十八寫二動物二植物，配搭允宜。

十九、二十句謂無樂器而若有音樂。

二十一、二十二句說諸友筆健善吟。後二句又是自謙。

二十五、六句讀碑恨日短，略與「白晝永」一句呼應。

末二句謂塵俗擾擾，此遊難忘。

循序而抒，却有七縱八橫之意趣。

三十五、琴潭

山形若覆盦，潭面如拭鏡。奇哉几案物，千古棄荒夐。了
無板蹟勞，坐愜幽蟄性。泉源黑難窮，崖色碧相映。闖深
畏龍勢，窺淺見魚泳。可憐風水聲，空山誰來聽。我欲買
茲丘，掃迹逃囂競。未言茸茆齋，先可理漁艇。（卷六，頁
365）

此詩與前詩作于同年。

琴潭，在臨桂縣城西南十里群山中，有一小山，巨石林立，其下
空洞成潭，四時不涸，水聲如琴。灌田千畝。

首二句用喻生動如畫。

三句直接由盦、鏡引申，四句書奇表憾。

五、六句寫登臨之樂，之愜意。

七、八句一黑一碧，相映成趣。

九句虛設，十句實詠。

十一、二句遺憾風水聲缺乏知音。可憐，可愛也。

十三、四句緊接上二句，自以為知音，故欲買丘逃世。

十五、六句緩下一步，未結屋先置艇。

此詩結構較新，不拘泥首尾之套語。

三十六、愚溪之一

　　草聖木奴安在哉？荒榛無處認池台。傷心惟有溪頭月，曾
　　識儀曹半面來。（卷六，頁381，下同）

此詩亦作于同年。

愚溪，在零陵縣西一里，源出鴉山，舊名冉溪，柳宗元改今名。

首句草聖，原指東漢張芝、唐代張旭，此處似為雙關語，謂草木之聖，草木之絕佳者。木奴，柑橘別名，亦為果中佳品。

次句謂昔日池台已渺。二句互相烘襯。

三句以溪頭月擬人。

四句以柳宗元代古之賢人雅士，上與草聖木奴遙相呼應。

這也是一首懷古詩。

三十七、愚溪之二

　　青雲失腳謫零陵，十載溪邊意未平。溪不預人家國事，可
　　能一例受愚名？

此詩雖與上一首同題，其實完全不寫景，只是借溪抒情，為柳子厚發一噯。

首句前四字入神，次句繼之，寫盡子厚大半生遭際。

三句為溪打抱不平，四句說得更清楚。

以愚溪為冉溪改名，乃柳宗元自己發牢騷而波及山水，奈何！

三十八、浯溪之一

　　上置書堂下釣磯，漫郎陳跡尚依稀。無端一首黃詩在，長
　　與江山起是非。（卷六，頁382）

此詩亦作於同時。

浯溪，在祁縣南五里，流入湘江。唐詩人元結自道州歸，愛其山水，因家焉。作〈大唐中興頌〉，顏眞卿大書刻於崖上。結又爲唔台、峿亭命名。〈中興頌〉在最大一壁，碑之上餘石無幾。

漫郎，即元結，自稱漫士，人稱之爲漫郎。

首二句拈出書堂、釣磯二意象，正顯示浯溪上當年元結隱居之眞相。

三句指黃庭堅〈書摩崖碑後〉。《駿鸞錄》云：「始余讀〈中興頌〉，又聞諸搢紳先生之論，以爲元子之文有《春秋》法。……夫元子之論固不爲無微意矣，而後來各人，貪作議論，復從旁發明呈露之。魯直詩至謂『撫軍監國太子事，何乃趣取大物爲？』……魯直詩既倡此論，繼作者靡然從之，不復問歌頌中興，但以詆罵肅宗爲談炳。……」

四句繼「無端」二字順勢而下，「長與江山起是非」固有批評之寓意，無形間也提昇了浯溪的身價。

三十九、浯溪之二

形容唐事片言中，元子文猶有古風。莫管看碑人指點，寫碑人是太師公。（同上）

此首全未描寫溪景。

首二句讚美〈大唐中興頌〉。

下二句一轉說及看碑人之指指點點，却又歸結到讚許元結之人與文上。「太師公」在此義近太史公矣。

四十、壽溪

水如綬帶山如抱，畫手難摹一段奇。松下可澆三奠去，墓旁安用不家爲？虹來昂首寧非瑞，蛟徙無踪若有姿。丱角釣遊今白髮，重尋陳跡不勝悲。（曾大父臨終，有虹入室。墓前昔皆深潭，蛟所窟宅也。）（卷九，頁538）

此詩作於紹定五年（1232），時居莆田家中。

壽溪在莆田郊外，此處乃克莊父彌正之墓地。

首二句寫父墓山水之奇，首句用二喻。

三、四句言墓地不必求壯觀，心誠則好。

五、六句寫虹、寫蛟——已徙去矣。

七、八句謂此乃舊遊舊釣之地，今重尋陳跡，兼弔亡父，自不勝傷悲。

全詩只半句寫水，但寫虹、寫蛟，皆足助勢。

四十一、漁梁

淺溪忽漲尋常水，朽樹猶開千百花。有酒可沽魚可買，造
門莫問是誰家。（卷十，頁 614）

此詩約作於端平三年（1236 年）。

首句直寫溪水。次句以樹上開花烘襯首句。

漁梁水淺，人情却深。後二句表面上寫酒寫魚，實寫人情之溫馨。

四十二、豐湖之一

岷峨一老古來少，杭潁二湖天下無。帝恐先生晚牢落，南
遷猶得管豐湖。（卷十二，頁 706，下二首同。）

此詩作於嘉熙三年（1239）年。時卜居廣州。

豐湖，又稱西湖，在惠州府歸善縣城西，廣十里，勝概為一郡之
最，昔人比之杭、潁。

此詩不詠湖本身，却寫一位有名的古人－蘇軾，子瞻晚年貶惠
州，凡四年，泊然無所芥蒂，人無賢愚皆得其歡心。

「岷峨一老」即指蘇軾，他是四川眉山人。次句讚美豐湖。

三、四句謂皇帝（或天帝？）恐先生晚景寥落，特貶置之惠州，
以豐湖美景慰之。設想甚妙，足以解頤。

四十三、豐湖之二

小米侍郎生較晚，龍眠居士遠難呼。不知若箇丹青手，能

寫微瀾玉塔圖？

首二句遠述北宋之二位畫家，一爲米元暉（友仁），一爲李公麟。元暉爲東坡晚輩，故曰「生較晚」，公麟歸隱安徽桐城西北之龍眠山，故曰「遠難呼」。

三句一轉，米、李之外，有何妙手畫家？四句一承亦一合，誰能寫此景？－湖上有塔也。

四十四、豐湖之三

作橋聊結眾生緣，不計全家落瘴煙。內翰翻身脫犀帶，黃
門勸婦助金錢。

《東坡先生年譜》載：「紹聖三年，惠州修東西新橋，先生助以犀帶，而子由亦以史夫人頃入內所賜金錢數千爲助。」此詩全記此事。因爲橋在壽湖上，故仍題「壽湖」。

首句破題（題爲「修橋」，隱在大題「豐湖」中），次句寫蘇家處境，實中有虛。

三句、四句完全寫實，稍乏詩意。

四十五、羅湖八首之一

平生不作賈胡留，怪底江邊未發舟。瀧吏不須前白事，更
忙定要看羅浮。（卷12，頁707，下同。）

此詩亦作於同年。

羅湖，即羅水，在惠州博羅縣西五十里，一名羅陽水，源出羅山，東流爲碧溪，又東南會諸水東入龍江。

又韓愈〈瀧吏〉詩：「南行逾六旬，始下昌樂瀧。……往問瀧頭吏：潮州尙幾里？行當何時到？土風復何似？瀧吏垂手笑：官問何之愚？」

羅浮山在博羅縣西北五十里，即道書十大洞天之一。昔有山浮海而來傳於羅山，合而爲一，故曰羅浮。山高三千六百丈，周迴三百餘里，嶺十五，峰三十二。

首句設局，次句一「怪」字提神。

三句用典而活，四句直承一、二句。是答案也是隱約的讚美語。

四十六、羅湖八首之二

　　中州無地堪投足，垂老携家泛瘴江。不愛朱丹畫車轂，且
　　貪紫翠入船窗。

首句強悍誇張，二句雖以「瘴江」形容羅水，却因首句之烘托，轉覺此江此域之可愛。

三句謂不愛陸行，四句謂喜此水航。只用「紫翠」二字寫景，似亦足夠矣。

四十七、羅湖八首之三

　　歲晚南游訪稚川，苔封丹竈尚依然。不知的在山中否，萬
　　一歸來説〈內篇〉。（卷 12，頁 708）

稚川、丹竈，乃詠羅浮葛洪遺迹。羅浮山在博羅縣西北五十里，與增城縣接境。循延祥觀而東七里，抵沖虛觀，葛洪所居。丹竈有東坡所書「稚川丹竈」四字。其地有葛洪屍解後之衣冠塚。葛著《抱朴子》，〈內篇〉述玄理、仙道、金丹等，凡二十篇。

此詩首二句直述，「苔封丹竈」，綠紅色澤鮮明。

後二句因衣冠塚而疑葛洪仙解之事，後句用「萬一」打頭，尤強調其疑惑之情。

四十八、羅湖八首之四

　　潁水箕山未脫然，直須斷盡世間緣。野人曾被朱轓浼，不
　　作天仙作地仙。（同上）

羅浮山有黃野人庵。葛洪門人，庵有啞虎守之，葛洪煉丹，野人隨之，洪仙去，留丹桂石間，野人自外歸，得一粒服之，爲地行仙。

朱轓，紅色車，《後漢書》謂二千石官員皆朱轓皀（黑）蓋。此喻官員。

首二句謂若貪戀好山好水，表示仍未斷盡世緣。乃由反面吟詠。

三四句謂黃野人曾為世俗富貴所污染，故得丹亦只能成為地仙。

四十九、羅湖八首之五

異境微茫在半宵，仙人隨手下相招。老來尚有君親念，朱
敢相陪過鐵橋。（同上）

首句謂羅浮山上渺渺茫茫，殊異人間。

次句謂上有神仙（葛洪乎？）隨手招山下之人。

三句自陳，謂君親之念尚未消除，未能免俗。

四句用鐵橋意象，明己不羨仙之志。

鐵橋在羅浮山，樓前一石門，方廣可容几席，二山相接處有石磴，
狀如橋梁，名曰鐵橋，橋端兩石柱名鐵柱，人迹罕到。蓋以過鐵橋喻
成仙。

五十、羅湖八首之八

五更海底擁金輪，咫尺蓬萊不遠人。欲知蘇詩臨絕頂，可
憐漢節尚隨身。（卷 12，頁 709）

此詩首句實寫羅湖清晨光景，次句喻之為仙境。

三句指蘇武詩中句：「俯觀江漢流，仰視浮雲翔。良友遠離別，
各在天一方。山海隔中州，相去悠且長。」

四句足成其意。

遊羅山羅湖念及前古高賢，亦寫景詩另一作法也。

五十一、藥洲四首之一

非有干時策，聊為避地圖。昔人補句漏，老子管仙湖。（卷
12，頁 723）

此詩與前詩作於同年。

首兩句明志－欲隱於山水間。

三句說葛洪曾避於句漏山修煉成仙。句漏山在廣西省北流縣東北。

　　四句自抒，聊比葛仙。按藥洲在廣州，在西園之石洲，今之教育路。仙湖爲南漢所鑿，西有靈應祠。相傳金氏女曾爲巫，沒於仙湖之水，數日不壞，且有異香。里人陳觀見而異之，偕眾舉殯，得香木如人形，因刻像立祠，祈福往往有應。

　　此亦辛棄疾「管竹管山管水」（〈西江月〉）之餘意也。

五十二、藥洲四首之四

　　觀寺臨湖上，亭台出柳間。都忘來五嶺，將謂在孤山。（卷
　　12，頁 724）

　　首句直抒，次句寫出柳樹來，添一景致。

　　三句謂其地實爲五嶺，却令人有西湖孤山之感。孤山，林逋隱居地也。

　　總而言之，此湖此景，等同杭州西湖。

五十三、十五里沙

　　只見如山白浪飛，更堪動地黑風吹。渺茫直際九州外，洶湧當如八月時。河伯豈能窮海若？靈胥僅可嚇吳兒。惜無散髮騎鯨友，共了南游一段奇。（卷 12，頁 748）

　　此詩作時同前。

　　十五里沙，在惠州海豐縣南。臨水。

　　首句寫浪，用山爲喻，氣壯勢潤。

　　次句以黑風輔之，黑暗中吹大風也。

　　三、四句用誇飾句法併寫風浪。

　　五句似謂己如河伯，以前不識海之壯潤；六句復以濤神爲繼，認爲彼亦不足數。

　　末二句謂不得如李白一般的騎鯨之友，共了斯遊，是一大憾。

　　此詩可謂克莊詠水詩之代表作。

五十四、三月二十一日泛舟十絕之四

橋低水漲過船難，旋折船篷復旋安。未免屈蟠篷底坐，誰教君愛切雲冠！（卷13，頁801）

此詩約作於淳祐三年（1243年），奉祠家居期間所作。

切雲冠，謂高接青雲之冠。《楚辭·嚴忌哀時命》注：「冠則崔嵬，上摩於雲。」

首句實寫泛舟之況，次句更細膩。

三句寫旅人坐船之狀。四句反襯，亦可視之為反諷。

泛舟不宜戴高冠，猶如遊山不可著高跟鞋也。

五十五、泳瀟湘八景各一首之一：遠浦帆歸

極目無邊際，惟天與水連。煙中帆幾點，若箇是君船？（卷20，頁1115，下三首同。）

此詩作於寶祐元年（1253年）。

首句寫船上人視野，次句實寫其狀。

三句用廣角度描寫，四句歸到原點，一問足堪解頤。

此詩宜用電影鏡頭展示。

五十六、平沙雁落

背冷來趨暖，雖微善自謀。如何才得意，飛去不迴頭？

首句寫雁之感受，純用擬人法

次句仍用擬人，「善自謀」設想得妙。

三、四句設疑：雁若似人，如何自得？如何一往無前？

是寫景，也是哲理。

五十七、山市晴嵐

曉霧輕綃捲，嵐光抹黛新。蕭條數家聚，三兩趁墟人。

首二句純乎寫景：一用綃、一用黛為喻，如此一來，大地瀟湘皆如佳人矣。

三句仍寫當地景象，「山市」一詞，盡在此中。

末句以趁墟人－遊客烘襯上三句。亦是廣義之景。

五十八、漁村夕照

估客繫征纜，漁家收釣筒。何妨千嶂黑，猶作半江紅。

首句寫旅客寫船，次句寫漁民寫釣筒，四意象簡潔鮮明如畫。

三句寫山，四句描水，用「何妨」、「猶作」，便顯得更為活潑。「紅」亦落日，無意間又添一景。

五十九、洞庭秋月

寄聲謝軒帝，不必奏鈞天。一碧九萬里，橫吹鐵笛眠。（卷20，頁1116，下三首同。）

首二句低調，鈞天之樂非人人可賞，故上謝黃帝，不必恩賜。

三句突然一轉，在秋月下，一碧九萬里，乃是何等美景！何必天樂！

四句再添人間樂音以助勢。

此詩詠水，一句比得上百句。

六十、瀟湘夜雨

楚澤秋聲早，湘山暮色遙。偏來短篷上，終夜滴蕭蕭。

此詩把雨擬人化，末句乃見。

首句已在寫雨而不甚覺——秋聲中含雨。

次句由聲而色。「早」、「遙」對比得好，時空兼顧。

三句說精確的位置，四句正面見雨，五字已足夠了。「來」字傳神：是指雨來。

六十一、煙寺晚鐘

問寺莫知處，躋攀又溯洄。惟鐘藏不密，日暮過溪來。

首句不知鐘，次句助其勢。

三句一轉，如畫龍點睛，主旨全出。

四句完足其勢。

一二句完全是爲了烘托第三四句而吟。

「鐘」字既解鐘其物，又解作鐘聲，在此盡展其妙用。

六十二、江天暮雪

纖路泥尤滑，柴門掃不開。子猷返棹後，不見有船來。

首句謂船行須拉纖，但纖路泥滑，不宜船行。

次句謂人家寂寥。

三句承而似轉。巧用王子猷夜舟訪戴逵，不見戴，興盡而返一典。

四句足成之。

無船無客，江天暮雪本是因，如此一吟，亦似是果了。

八首據瀟灑八景（見《方輿勝覽·湖南路潭州》）而作，各有千秋，直接寫水處亦不甚多。

六十三、二月初七日壽溪十絕之一

醜石榕堪坐，晴坡草可眠。若非古沂水，亦是小斜川。（卷23，頁 1278）

此詩及以下四詩皆作於寶祐四年（1256 年）。

首句寫榕下之石，次句寫草坡。略加點綴，便成爲妙景。

三句沂水在山東，乃採《論語》詠沂之樂。四句斜川在河南省許昌縣。北宋人蘇過曾居此，營湖陰水竹數畝，名小斜川。自號斜川居士。

此二句以二川喻一溪，承上二句之景，悠然自得。

六十四、同題之三

仙不離人世，何須覓遠仙？桃花最深處，更著小漁船。（同上，頁 1279）

首句宣說仙在人間、閒逸之人即仙。

次句足成之，複用一「仙」字是小疵。

三句把壽溪遙比桃花源矣，四句畫龍點睛。

六十五、同題之四

　　廣築長城一，紛紛走避秦。長城遍天下，底處著逃人？（同
　　上）

此詩全用側寫法。

首句拗口，關鍵在末字「一」，或爲平仄而湊字。

次句續成之。

三句一承一轉，四句似轉實合。

長城無效，桃花源－壽溪始可長住久安。

六十六、同題之五

　　鎖却藏舟屋，丁寧勿浪開。漁郎最饒舌，曾去引人來。（同
　　上）

首二句寫壽溪寂寥之狀，其實仍是描繪桃花源光景。

三句一大轉：引出漁郎一角來。

四句接續之，引得外人到此，本是漁郎好意，却無形間破壞了此
處的清靜。

六十七、同題之十

　　城郭有時變，市朝回首非。誰爲遼鶴說，第一莫來歸。（卷
　　23，頁 1280）

首二句同義而不嫌合掌，欲加強其勢頭也。

三句反用丁令威化鶴典故，四句續之，「第一」二字在此甚覺生
新。

此詩有落寞嗟嘆之意，稍異於前數首。

六十八、扁舟五湖

　　種蠡功名士，吾評蠡最優。五湖足春水，一葉寄扁舟。變
　　姓乘單舸，翻身退急流。千金徒鑄象，萬里孰馴鷗？震澤
　　鱸堪膾，蘇台鹿已遊。君王既稱霸，求盡沼吳謀。（卷 28，
　　頁 1536）

此詩作於寶祐六年（1258 年）。

此詩題為「扁舟五湖」，實寫范蠡生平。

首句破題明示宗旨。

三四句寫景，「足」字妙，「寄」字實。

五六句指范蠡改姓名為鴟夷子皮，而乘舸急流，乃雙關語。

七八句謂他棄功名如屣，如萬里之翔鷗。

九十句謂吳越往事已如雲烟，盪舟太湖，享用鱸膾，如羲皇上人。

十句運用蘇台鹿尤巧。

十一、二句謂越王句踐不念舊，范蠡乃飄然遠去。

全詩寫人不寫湖，偶一及之。

六十九、志仁監簿示五言十五韻夸徐潭之勝次韻一首

嵐翠屏環墅，溪光練抹坤。尚書華棟改，先輩釣磯存。久
臥漳濱疾，誰招楚澤魂。昔慙葵衛足，今喜葉歸根。自誌
臺卿墓，休爭謝傅墩。牧慵貪草暖，鳥急怕林昏。時許樵
分席，何煩客掃門。早嫌皮袋臭，晚悟髑髏尊。童子便高
枕，偷兒瞰短垣。歲寒始知栢，刧火不焚璠。恩未忘簪履，
衰難戀廡軒。抽身脫膠擾，掩耳避啾喧。聯句那無藉，藏
書幸有繁。故交頻煖熱，新貴斷寒暄。籬落多疏闕，猶須
折柳樊。（卷 30，頁 1589）

此詩作於寶祐六年（1258 年）。

志仁，即趙時願，歷任工部侍郎等官。徐潭，克莊所營生壙之地。

首二句寫徐潭之景，先山後水，用「屏」、「練」二喻。

三、四句介紹建築物及其淵源。

五、六句自抒。

七、八句續抒，似對非對。

九、十句說明生壙之經營。用謝安典。

十一、二句描寫牧童、鳥踪。

十三、四句謂結交農夫樵子，似陶淵明。

十五、六句寫老年之悟，身體亦可貴也。

十七、八句寫逍遙生活，藉童子、偷兒添趣。

十九、二十句記冬日焚柏爲薪。

二十一、二句述己未忘皇恩，然決辭富貴。

二十三、四句繼之。

二十五、六句寫作詩、讀書之樂。說得瀟灑。

二十七、八句簡述交遊之狀。

最後兩句折柳爲籬，結得落拓。

全詩寫潭亦寫生涯。

七十、紀游十首之二

押蘿伏虎地，把釣斬蛟潭。偶有樵夫過，呼來與共談。（卷
34，頁 1811）

此詩作於景定五年（1264 年）夏。

首句寫山居，次句寫水遊。對得簡淨。

三、四句寫與漁樵交遊。一幅淵明詩畫。

水在釣鈎下。

七十一、池上對月五首之五

初插玉梳小，徐妝粉額新。烏啼風露冷，蛾始現金身。（卷
36，頁 1955）

此詩作於咸淳元年（1265 年）夏。

首句以梳爲喻。

次句以徐妃之額爲喻。

此二喻可分可合。

三句寫背景，以此略展「池上」之義。

四句畫龍點睛。

全詩寫月升之象，以池景爲輔。

以上七十一首詠水詩，乃取最廣義，計有以下六項特色：

一、寫水景者比例較少。

二、名山勝水，水略不如山，故作品較少，風采亦略遜詠山詩。

三、常常借水景（湖、潭、川等）寫人事物。

四、克莊純寫景工夫似乎有限。

五、詩中甚少驚濤駭浪，多平靜恬逸之什。

六、作品介乎中上、中下品之間。

第三章　亭園宅第

一、南浦亭寄所思

　　只是從前瘦病身，官卑活計太清貧。買來晉帖多成贋，吟得
　　唐詩較逼眞。生擬棄家尋劍客，死當移塚近騷人。秋風爛
　　漫吹雙鬢，目送停雲欲愴神。（卷一，頁 31）

　　此詩作於嘉定十三年（1220 年）前後。

　　南浦亭在隆興府廣潤門外，下瞰南浦，往來舟艦於此，在唐代已
然。

　　首二句自抒。

　　三、四句寫書生生涯，集碑帖、寫唐詩。

　　五、六句生死一志：尋劍客、近詩人。

　　七、八句有未老先衰之姿。

　　全詩完全借亭抒情，實未曾寫景也。

二、鳳凰台晚眺

　　經月疏行台上路，秣陵城郭忽秋風。馬嘶衛霍空營裏，螢
　　起齊梁廢苑中。野寺舊曾開玉帳，翠華久不幸離宮。小儒
　　記得隆興事，閒對山僧說魏公。（卷一，頁 46）

　　此詩約作於開禧三年（1207 年）左右。

　　鳳凰台在建康保寧寺後。

隆興，孝宗年號（1263～64 年）。

魏公，開府於建康之江淮宣撫使張浚。

首二句不但表出此台位置，且說明季節。

三句以衞青、霍去病喻名將功業，四句以齊梁南朝繁華形容之。但今昔之感，了然可見。

五、六句繼之，五承三，六承四。

七句懷念孝宗盛世，八句想念張浚功業。

總之，全詩充滿懷古之思，重點不在寫景。

三、雨華台

昔日講師何處在？高台猶以雨華名。有時寶向泥尋得，一片山無草敢生。落日磬殘鄰寺閉，晴天半上廢陵耕。登臨不用深懷古，君看鍾山幾箇爭？（卷一，頁 50）

此詩與前詩作於同年。

雨花台，在建康（今南京）城南三里，據岡阜最高處，俯看城闕。舊傳梁武帝時有雲光法師講經於此，感天雨賜花，故名。

方回跋此詩云：「後村壯年詩學晚唐，初成而未脫俗，故尾句終俗。」

前二句破題，暗指雲光法師。

三句為假設之辭：泥中有昔人留下之寶器。四句則悍猛之思：此台神聖，草不敢生。

五句寫頹廢之態，六句繼之，兩頭說到。

「落日」、「晴天」，不嫌其重複。

末二句仍覺有新意，方回之言未必是也。「不用深懷古」略有翻案意。

四、新亭

此是晉人游集處，當時風景與今同。不干鐵鎖樓船力，似是蒲葵塵柄功。幾簇旌旗秋色裏，百年陵闕淚痕中。興亡

畢竟緣何事？專罪清談恐未公。（卷一，頁51）

此詩與前二詩作於同時。

新亭，亦曰中興亭，去建康城西南十五里，近江渚。此即《世說新語》所載過江諸公暇日出遊，周顗有「風景不殊，舉目有山河之異」之慨處。

首句破題，次句接續之，古今相會。

三句反用劉禹錫詩典，四句以疑問口吻謂似是名士清談誤了國。

五、六句合吟亡國之恨。五句上承三句。

七句再度興疑，八句似為王衍輩平反。

全詩借題發揮，未曾據實寫景。

五、故宅

恰則炎炎未百年，今看枯柳著疏蟬。莊田置後頻移主，書畫殘來亦賣錢。春日有花開廢圃，歲時無酒滴荒阡。朱門從古多如此，想見魂歸也愴然。（卷一，頁54）

此詩作於開禧三、四年間。

詩寫克莊的老家，在莆田縣。

首句泛泛示明年代，「恰則」二字生澀。

次句以枯柳疏蟬起興，是寫實亦是象徵。

三句實說，四句由外轉內，共譜滄海桑田之狀。「移」、「殘」是句中眼。

五句平寫，六句淒切。「無酒滴阡」生新。

七、八兩句豁出去說，是悲愴也是退一步想。

欲自慰還傷心。

六、碧波亭

了却文書上馬遲，白蘋洲畔有心期。斜陽忽到傳觴處，落盡梨花啼子規。（卷一，頁64）

此詩創作時與前同。

碧波亭在隆興府東湖西城上。

首二句破題，說明亭在白蘋洲畔，亦表示自己公務倥傯之際，仍有雅興。

三句夕陽配酒。

四句進一步寫景，視、聽覺俱全。

先情後景，亦一作法。

七、田舍

稚子呼牛女拾薪，萊妻自膾小溪鱗。安知曝背庭中老，不是淵明輩行人。（卷一，頁75）

此詩作時與前同。

首句寫子女，次句寫妻，借老萊子典。三個動作，生動如畫，如影片。

三句寫家長，曝背中庭，怡然自得。

四句以淵明相比，呼應二句。

不寫田舍本身，却細寫田舍中人，還牽扯兩三古人，極有雅致。

八、下蜀驛

幄殿荒涼屋欠扶，紹興遺老故應無。舊來曾識高皇帝，尚有庭前柳一株。（卷一，頁77）

此詩約作於嘉定十年（1217年）左右。

下蜀驛在建康府，西至柴溝驛十五里，東至鎮江府十五里。有高宗御座在焉。

首句寫驛館荒廢之狀，「屋欠扶」擬人化。

次句述古懷古。

三句一承一轉：如今誰識紹興皇帝？

四句一合：只有庭前柳。是以柳代驛矣。

殿、屋、柳幾合為一體。

九、小齋

　　小齋自理畫并琴，匣貯香薰怕蠹侵。出塞已忘傳檄夢，入
　　山猶有著書心。南船不至城無米，北貨難通藥闕參。却爲
　　貧居還往少，門前留得綠蕪深。（卷二，頁 114）

此詩作於嘉定十二年（1219 年）。

首二句破題寫內景，畫、琴、香，二主一輔。

三句謂已忘出塞事功，乃倒裝句。四句上承一、二，書在畫琴側
也。

五、六句寫貧乏之狀。

七、八句寫寂寥之形。

全爲生活寫照，平實親切。

十、滄浪館夜歸二首之一

　　萬疋沙場似電奔，轟天笳吹簇轅門。而今出借東家馬，煙
　　雨孤行小麥村。（卷二，頁 120）

此詩寫於嘉定十三年（1220 年）

首句勢盛，次句稍緩，乃回憶當年出塞功業。

三句一轉：東家馬正對萬疋（匹）。

四句足題：煙雨、小麥村。「孤行」遙對「簇轅門」。

此詩寫景不多，張力甚強。

十一、滄浪館夜歸二首之二

　　立馬飛書萬眾看，雪花滿硯指皆寒。自憐衰憊今如此，枕
　　上裁詩字未安。（同上）

首二句回憶昔日沙場景象：一句旺，二句冷，然皆氣象干雲。

三句一轉「衰憊」明說。

四句寫衰憊之實態：枕上、未安！「裁詩」猶其次也。

十二、書小窗所見

　　榦接枝分整復斜，隨緣妝點野人家。小窗有喜無人見，蘭

在林中出一花。（卷二，頁 135）

此詩作時同前。

首句寫窗中所見枝軜，整斜參差。次句足成之。

三句以「喜」串合前後。

四句畫龍點睛：一蘭花醒目入神。

「無人見」三字更添蘭之身價。

十三、海口官舍

曉起齋中望，千家未啓扉。潮能驅海走，風欲挾人飛。煙
寺鐘初定，霜林葉半稀。客身偏畏冷，著盡帶來衣。（卷三，
頁 147）

此詩作於嘉定十三年（1220 年）。

海口官舍：海口鎮在福清縣東二十里。北倚龍山，南去瑞巖山二
里。

前二句寫曉景，次句如畫。

三句書潮，「驅海走」入妙。

四句寫風，「欲」「挾」不誇。

五句形兼聲，六句形帶氣候感。

七、八句稍誇張而不失寫實。

十四、憶眞州梅園

當年飛蓋此追隨，慘澹淮天月上時。樹密徑鋪氈共飲，花
寒常怕笛先吹。心憐玉樹空存夢，塵暗關山阻寄詩。縱使
京東兵暫過，可無一一斫殘枝？（卷三，頁 155）

此詩亦作於嘉定十三年。

眞州梅園，在儀徵縣西十五里，中有古意亭。〈跋林灝翁詩〉：「頃
余嘗游於儀眞之梅園，極目如瑤林琪樹，照映十餘里。」

首二句回憶當年在此爲官時曾遊斯園。此園乃郡守吳機在嘉定年
間所建。

三、四句寫景秀美。

五句懷念成夢，六句欲寄詩而無由。

七、八句恐梅園遭兵，樹木已受到摧殘。

起承轉合，宛然成章。

十五、夾漈草堂

嶺絕瀑源窮，曾於此築宮。得知千載上，因住萬山中。廢
址荒苔盡，遺書電取空。高皇南渡始，却議及招弓。（卷三，
頁 169）

此詩與前詩作於同年。

夾漈草堂，在莆田縣廣業里山中，宋鄭樵著書處。每到風雨之夕，
居民往往聞讀書聲。

首句破題，次句平順。

三、四句巧合時空。

五、六句寫景，「荒苔盡」好，「電取空」費解，或有誤字。

末二句意指建炎元年十一月上命福建路增招弓手。以此作結，難
免湊合之嫌。

十六、小園即事之一

何處瑤姬欸戶來？薔薇花下暫徘徊。分明粉蝶通消息，未
有人知一朵開。（卷三，頁 198）

此詩爲嘉定十四年（1221 年）所作。

首二句寫花下佳人，用一問句添興。

三四句巧說：小園始花開未有人知，必是粉蝶向瑤姬（猶言玉女）
通報也。

十七、同題之二

因聽簫聲一念差，碧雲遮斷阿環家。春來無遣閒愁處，玉
面紗巾出看花。（同上，頁 199）

此詩與上詩作於同時。

首二句似謂女子阿環吹簫，令人興起遊園之念。

三、四句謂春來閒愁，入園看花。玉面紗巾，猶指上首之瑤姬乎？

十八、午窗

恩賜支離粟一囊，午窗臥看世人忙。東家學究窮於我，六
月褒衣上講堂。（卷四，頁232）

此詩為嘉定十四年（1221年）所作。

首句抒貧，次句寫閒。「臥看世人忙」忒有味。

三句寫一鄰居學究，「窮於我」呼應首句，四句以轉為合，六月
炎日，穿褒衣大袍講學，其莊嚴之姿，可敬亦可噱。

十九、題齋壁

浩如烟海積如山，紙上陳人叫不還。白首書生無事業，一
生精力費窗間。（卷四，頁235）

此詩與前詩作於同時。

首句寫書房書多，次句緊接上句，謂書中作者及其所述之人物均
已作古，喚之不回。此兩句把書齋景象描寫得淋漓盡致。

三句自謙，四句實述。

此詩可能是自抒之作，亦可能客觀描寫書生生涯。

二十、書田舍所見

漠漠晴埃起遠疇，占相雲日幾家愁？細民方慮填中壑，巨
室何心堰上流！斬水由來基小釁，澆瓜誰為解私仇？寧知
送老茅簷下，猶抱書生畎畝憂。（卷四，頁238）

此詩亦作於嘉定十四年。

首句寫氣候景象，次句由景到情。

三句寫小民之貧苦，四句寫巨室之自私。

五句六句連環，為小釁斷人之水，甚至澆瓜亦乏水。

七八句自抒：茅屋養老，猶爲畎畝之憂。是憂己？是憂民？或兼而有之？

「漠漠」二字貫穿中四句，是寫實亦是象徵。

民胞物與之念，克莊有焉。

二十一、宿莊家二首之一

初秋風露變，偶出憩莊家。原稼多全穗，陂荷有遠花。疏鐘踰澗響，微月轉林斜。鄰媼頭如雪，燈前自績麻。（卷四，242）

此詩亦作於嘉定十四年。下一首同。

首句寫時令，次句應題。

三、四句寫景，穗、荷交映。

五句寫鐘聲，六句描月色，最見詩意。

七、八句寫白髮鄰媼夜猶苦作。「雪」與首句「風露」遙遙呼應。

二十二、同題之二

茅茨迷詰曲，度谷復踰陂。世上事如許，山中人不知。牛羊晴臥野，鶴鷺晚歸池。粗識爲農意，秋輸每及時。（同上，頁243）

首二句寫茅屋（莊家）之所在，及自己前往之過程。後句生動。

三、四句謂山中人與世隔絕，恍若桃花源。

五、六句寫四動物，地走空飛。

七、八句平穩作結。

廿三、夢賞心亭

夢與諸賢會賞心，恍然佳日共登臨。酒邊多説烏衣事，曲裏猶殘玉樹音。江水淮山明歷歷，孫陵晉廟冷沉沉。曉鐘呼覺俱忘却，猶記千門柳色深。（卷四，頁244）

此詩亦作於嘉定十四年。

賞心亭，在建康下水門之城上，下臨秦淮，盡觀覽之勝。丁謂所

建；景定元年亭燬，馬光祖重建。

首句破題，字字切題意。次句以虛爲實。

烏衣巷，富貴人家也，玉樹音，陽春白雪之曲也。二者相配合，天衣無縫。

五、六句分寫山水與陵墓廟宇，一明一冷，相映成趣。

七句寫夢醒，八句補柳深。

「千門」呼應三句、五、六句。

廿四、詩境樓觀月

人世應無第二樓，暮雲飛不到簾鉤。未開寶鑑青冥裏，先湧冰輪碧海頭。白似雪濤翻赤壁，壯如夜日出羅浮。酒醒何處吹橫玉？徑欲乘風萬里遊。（卷四，頁249）

此詩亦作於1221年。

詩境樓無考，首句譽之不遺餘力，次句繪聲繪影。

三、四句寶鑑、冰輪實皆指月。碧海見月，天空反遲遲未見，亦異景也。

五句用喻奇，六句用譬闊。

七句笛聲起，八句益壯其遊。乘風之遊，上追列子，並兼東坡矣。

廿五、秋望之二

舍南舍北種芙蓉，及到秋來次第紅。自是詩人才思窘，清風明月有何窮？（卷四，頁254）

此詩亦作於1221年。

首句寫村舍週邊之景，次句寫芙蓉之美景。

三句自謙兼爲天下詩人致意，四句寫天然風物之無窮無盡。

此詩主寫村舍風光，故歸入本章。

廿六、題鍾賢良詠歸堂（水心爲賦詩）

細繹華堂扁，徵君志可知。策弘無聖詔，與點有明師。忽

　　枉賢良刺，頻需拙惡詩。續貂吾豈敢？淚落水心碑。（卷五，
　　頁274）

　　葉適《水心集》有寄題鍾秀才詩：「鍾君文武隨所求，馬上檄草
兼詞頭。………」云云。釋居簡《北磵集》有〈送鍾賢良序〉：「永嘉
鍾君，少負不羈，少長作舉子業，壯而恥與瑣屑俱滅裂者，五十年閉
關，夜燈曉窗，博觀約取，習大科，業成而不試。」亦未明示名字。
宋代有制科，稱舉賢良方正直言能諫等科。

　　首二句說詠歸堂匾上文字足以明志。

　　三句用漢公孫弘典：武帝即位，招賢良文學士，是時弘年六十，
以賢良徵為博士使匈奴，還報不合意，上怒，以為不能，弘乃移病免
歸。元光五年，復徵賢良文學，菑川復推弘，弘謝辭，國人固推之。
弘至太常，上策詔諸儒。此謂鍾君無公孫弘之遭際。

　　四句用《論語・先進》語：曾點自述其志，孔子曰：「吾與點也。」
謂鍾君有良師。

　　五、六句謂雖有賢者詩人讚譽，亦似徒然。

　　末二句又是自謙語，兼懷水心。

廿七、環翠閣

　　　大陸題詩小陸和，寶鞍畫戟傳呼過。兩片頑碑未百年，已
　　有牧兒來打破。（卷五，頁291）

　　此詩作於嘉定十五年（1222年）

　　環翠閣在尤溪縣。

　　二陸即陸游六叔祖陸傳及其兄陸佃。

　　首二句寫閣上題詩及當年盛況。

　　三、四句寫照今日衰頹之狀。

　　兩片頑碑及牧兒打破，意象清新如動畫。

廿八、醴陵客店

　　　縣郭依稀隔渡頭，解鞍來倚店家樓。已攀桂樹吟〈招隱〉，

因看梅花賦〈遠游〉。市上俚音多楚語，橋邊碧色是湘流。

直南鄉國三千里，目斷羈鴻起暮愁。（卷五，頁 303）

此詩作于 1222 年。

醴陵縣，因高后封長沙相越爲醴陵侯故名，在原臨湘縣地。屬長沙郡。

首二句破題，介紹其形勢。

三、四用典，招隱、遠游，俱爲作者心態之反映。而桂樹、梅花可能爲即地即景。

五、六復寫景兼及於人。

七、八句抒感，雖平猶有感慨焉。

廿九、湘南樓

偶陪群彥賦〈登樓〉，一笑聊寬故國愁。近郭山來晴檻裏，待船人立晚沙頭。春天晴雨常多變，晦日文書得小休。尚有殘錢沽老酒，落花時節約重遊。（卷五，頁 322）。

此詩亦作於 1222 年。

首句破題，次句抒情。

三句寫山，四句寫人，二者實合而爲一。

五句寫氣候，六句指謂假日。

七、八沽酒同遊，自然而親切。

可惜未細寫樓姿。

三十、慈氏閣（馬氏所建）

閣建五季時，丹碧晃曾累。吾行半區中，鉅麗莫與比。想方營綜時，霸心極雄侈。但思窮耳目，寧論竭膏髓。一朝陵谷變，飛電掃僭壘。湘波日夜流，不洗爭墓耻。惟存浮屠居，願力久未毀。夕陽弔陳迹，危檻聊徒倚。遙憐下界熱，高處凉如水。若非逼嚴鐘，坐待鐘聲起。（卷六，頁 343）

此詩作於嘉定十六年（1223 年）。

慈氏閣，即永寧寺閣，五代末馬寶所建。在湖南臨桂縣。

首句記建築時間，次句泛寫閣景。

三、四句邊行邊讚。

五、六句繼之：既雄壯又侈華。

七、八句再寫營建之野心與辛苦。

九到十二句寫滄桑之概。十一、十二句擬人尤生動。

十三、四句謂此寺未毀，乃願力所致。

十五、六句夕陽下弔賞陳跡。

十七、八句讚其地清涼，用對比法。

十九、二十句謂時間所迫，未能久待，以鐘聲代表憾情。

卅一、翛然亭

> 每到闌干畔，徘徊暮始還。爲憐臨水寺，盡見隔城山。墻
> 繚青苔裏，舟藏綠樹間。松扉宜步月，只是限重關。（卷六，
> 頁 344）

此詩亦作於 1223 年。

翛然亭在臨桂縣，在獨秀山右。

首二句破題，示留連之狀。

三、四句寫景入情。

五、六句寫牆、苔、舟、樹，「青」、「綠」，稍有合掌之嫌，好在
自然。

七、八句又示憾。然松扉步月之想，依舊撩人。

卅二、秋日會遠華館呈胡仲威

> 嶺表豈必熱，庚伏頻滂沱。薄暮辱招要，盆季參瓶荷。君
> 侯如長松，折節交藤蘿。奇字識夏鼎，古音彈雲和。今日
> 素商至，高屋涼意多。夜清群籟息，已有蛩鳴莎。人生不
> 飲酒，賢愚同銷磨。拍手問湘纍，獨醒欲如何。謬承青眼
> 顧，詎惜蒼顏酡。客散我亦歸，耿耿看斜河。（卷六，頁 349）

此詩亦作于 1223 年。

遠華館待考，應在廣西桂林府。

胡仲威，即胡槻，廬陵人。

首二句展示時地。

三四句再示時間，兼寫李荷之景。

五六句喻胡且喻己。

七八句讚胡之多識善音樂。

九十句寫秋意。

十一、二句寫夜籟。

十三、四句寫酒之功。

十五、六句問古人－屈原，獨醒如何？反映上二句。

十七、十八句承其勢。

末二句歸看星河。

全詩寫胡氏寫雅會，寫遠華館之筆墨相對稀少。

卅三、八桂堂呈葉潛仲（金華丞相之孫）

之子初度日，畏客如避仇。朱門禁入謁，青山招出游。置
醴泉石間，凉意生虺籌。風檻絳華馥，冰盆丹實浮。起誦
眉壽篇，酌君介千秋。煌煌丞相孫，少也宜襲侯。黑頭去
雲遠，白髮來何稠。君言權位盛，孰若志節修。靜觀鐘鼎
族，起滅猶輕漚。祝君象韓呂，不羨嬉與攸。（卷六，頁 352
～353）

此詩亦作於 1223 年。

八桂堂，在桂林北城外之別圃。桂林知州程節所築。廣植丹桂。

葉潛仲邀客同遊，或當時八桂堂之主。

首二句謂葉氏生日避客，稍事誇張。

三、四句說避登門賀客而招友出游。

五、六句到此設酒乘涼。

七、八句形容野宴甚郁。

九、十句言祝壽。

十一、二句說葉氏爲丞相之後，故少時即襲侯。

十三、十四句描寫葉氏白頭，而髮甚密。

十五、十六句述主人之嘉言。

十七、十八句繼之，發揮前意。

十九、二十句之四人指韓琦、呂夷簡、秦檜、蔡攸，皆宋代名相，以此四人相比，示祝賀之忱。

全詩爲葉氏祝壽，寫八桂堂景處實少。

卅四、榕溪閣

> 榕聲竹影一溪風，遷客曾來繫短篷。我與竹君俱晚出，兩
> 榕猶及識涪翁。（卷六，頁 358）

此詩亦作于同年。

榕溪閣：黃庭堅南遷過桂林，維舟榕下，後人乃爲築榕溪閣，在桂林西湖附近。

首字切題，再以風、竹輔之。

次句述山谷往事。

三句充分使用擬人法，竹晚生，我晚至。

四句畫龍點睛：只有二榕曾識山谷詩人。其實龍睛早在首句拱出。

卅五、禊亭（南軒所立）

> 年年春草上亭基，父老猶能說左司。寂寞當時修禊處，一
> 間老屋兩殘碑。（卷六，頁 369）

此詩亦作于 1223 年。

禊亭在雉山中，山在臨桂，桂林府城南三里，在江畔，原有青羅亭，張南軒（栻）重建之，名爲禊亭，後廢。

首句以春草亭基破題，十分大方。

次句左司指張栻。

三句「寂寞」暗示亭子已廢棄。

四句寫景明快簡約。

此詩雖簡易，却自有抑揚頓挫之致。

卅六、簪帶亭

上到青林杪，憑闌盡桂州。千峰環節立，一水抱城流。沙際分漁艇，煙中見寺樓。不知垂去客，更得幾迴游？（卷六，頁 370）

簪帶亭在桂林七星巖山半。

此詩亦作于 1223 年。

首二句寫亭勢。

三四句寫週邊環境，一山一水。「立」、「流」已略具擬人態勢。

五、六句寫漁舟、寺樓而以沙、煙配之，甚見畫意。

末二句平收。

卅七、榕台之一

拔地高崖如鐵色，拂天老樹作寒聲。他年記宿榕台夜，便是南歸第一程。（卷六，頁 373，下同）

此二詩亦作于 1223 年。

榕台在臨桂縣，臥龍山上，馬賁建亭于此，老榕樹生半崖間，虬枝密葉，石壇刻榕台二字。

首句破題，一「拔」一「鐵色」展現此台之背景。

次句以老樹作陪襯。

三、四句假設他年之回憶，以此敷鮮明之彩。

卅八、榕台之二

囊無金累貧如故，鏡有絲生老奈何？一事尚堪誇北客：來時詩少去時多。（卷六，頁 373）

首句詠貧，次句詠老，俱甚具體。鏡中生白髮，主客似易位，妙。

三、四句謂此亭此景，引發我諸多詩思，只是繞了一個彎兒說。

全詩似全說自己，榕台實為隱形的主角。

卅九、訪李公晦山居

烏洲在橋北，我僕云路迂。語僕爾何知，彼有高士廬。問
樵得處所，林樾尤扶疎。修竹僅萬箇，古梅非一株。小圃
植蔬菓，復有沼可漁。下馬式籬藩，攝袂循庭除。不聞鷄
犬聲，茶烟起庖厨。伊人道義富，豈比山澤癯。蕭然蓬蒿
中，尚友泗與洙。古來連雲第，翕赫衆競趨。漸臺暨郿塢，
變滅纔須臾。聖門不朽事，廼屬陋巷儒。願君長保此，是
亦顏之徒。（卷六，頁 390）

此詩亦作于 1223 年。

李公晦，即李方子。嘉定七年廷對擢第三，調泉州觀察推官。踰
年始除國子錄，不少貶以求合，常自許此心泰然，不爲物欲所漬。此
處山居，在福建邵武府光澤縣東二里，名烏洲，又名月洲，在西北二
溪合流處。

首四句說明烏州之位置，及自己遊歷的情況。

五、六句寫問樵得路，林深樹密。

七、八寫兩種植物：「僅萬個」對「非一株」，可視爲同義互文。

九、十句補寫蔬果游魚。

十一、十二句續寫游程。

十三、十四句有茶烟而無鷄犬聲，略似桃花源光景。

十五、十六句用巧喻，「富」、「癯」相對，人似山澤而不似，以
此譽公晦。

十七、十八句續寫公晦行誼。

十九、二十句泛讚其宅。

廿一、廿二句嘆古宅衰頹。

末四句以聖門陋巷慰之。結得平正。

四十、戲書客舍

已去光陰挽不迴，漸驚老態逼人來。決河猶有方堪塞，脫
髮應無術可栽。北戍寶藏惟橄草，南遊裹載是詩材。客愁

何物禁當得，聊向旗亭買一杯。（卷六，頁 391）

此詩亦作于 1223 年。

首二句自抒。「老態逼人」上加「漸驚」，生動而切實。

三、四句以決水之河反喻人之脫髮，妙。

五句懷舊日功業，六句詠今天詩材。

七句說愁，八句才說到「客舍」上，却只是買酒。

不著一字，盡得風流。

四十一、林容州別墅

出郭五里强，治地十畝寬。奇峰面朝抱，高阜背屈蟠。忽
獻若神授，久閟由天慳。茲焉卜壽宮，朱堊浮林端。使君
世慮淡，出嶺顏如丹。靜思三窟危，孰如一邱安。蔭松既
森秀，引泉亦甘寒。願言奉巾屨，暇日來盤桓。（卷七，頁
405）

此詩應作於 1223 年。

林容州，福建人林瓖，字景溫，後村妻父之兄，此時他正以朝請
郎主管雲台觀，正家居。其知容州，早此數年。

首句寫別墅地址，次句說明其面積，自然成對。

三、四句連寫峯阜，對而不疊。

五句神授，狀其奇，六句久閟，却怪老天慳吝。

七、八寫別墅之高之色。

九、十句以林氏之老而不衰與別墅相比論，「顏如丹」恰配「朱
堊」，而「世慮淡」又呈一對比。

十一句謂狡兔三窟猶不免危，十二句指一丘一墅，反而可以安
居。是以虛引實。

十三、四句寫松、泉，是別墅之要景。

末二句湊趣作穩結。

此詩雖亦寫人，却未必喧賓奪主，景亦鮮明，故是佳作。

四十二、黃田人家別墅繞山種海棠為賦二絕之一

> 萬紅扶路笑出迎，彷彿前身石曼卿。若向花中論富貴，芙
> 蓉城易海棠城。（卷七，頁419）

此詩作於嘉定十七年（1224年）。

黃田，福建黃田地名有多處，此不知何所指。

首句以「萬紅扶路」開路，鮮明可愛，點題入神。

石曼卿，即北宋石延年（994～1041年），為人尚氣，縱酒不羈，有詩曰：「十年一夢花空委，依舊河山損桃李。」克莊賞之，曾列舉其〈牡丹〉、〈南朝〉等詩，謂之「清拔有氣骨。」生平愛花，另有芙蓉詩。次句即用此意。

三、四句繼承二句，此別墅之異于曼卿者，以海棠易芙蓉而已，二者色同形稍異耳。

以古喻今，此亦一法。

四十三、同題之二

> 海棠妙處有誰知？今在臙脂乍染時。試問玉環堪比否？玉
> 環猶自覺離披。（同上，頁420）

首句直接點題，用問句以引出次句。

次句示其色，以臙脂為喻，「乍染」生動。

三、四句以楊玉環佳人比名花：玉環離披，莫非想及她慘死馬嵬坡事？而此處之海棠，生機勃勃，狀若永不凋零者。

四十四、李園有懷孚若

> 曾與山公醉不歸，李園水竹尚依稀。鈿車疾取春鶯唱，鐵
> 笛潛驚宿鳥飛。昔把蟹螯同酒琖，今持馬策叩城扉。溪頭
> 一片無情月，偏照愁人淚滿衣。（卷七，頁429）

此詩亦作於1224年。

首句以山簡比方孚若，次句正寫李園——或是孚若舊居也。

三、四句細寫李園風光，重在鶯鳥風流。

五、六句回憶昔日同遊同宴之盛況，而今來悵然。

七、八句以悲情收結，却冤枉夜月「無情」。

四十五、敖器之宅子落成

朧公卜築向東皋，小憩江湖半世勞。遠屋樹陰供杖屨，登
樓山色發詩騷。客來賀廈杯行閙，市寫抛梁紙價高。白虎
漸台何處在？不如茅舍尚堅牢。（卷七，頁 435）

此詩亦作於 1224 年。

敖器之，南宋詩人，福清人，本名陶孫，有氣節，著有朧翁集。
首句兼示人地。次句繼踵說明。此敖老養老之地也。

三、四句寫宅子實景，供杖屨、發詩騷，雙雙顯示器之的詩人身
分，隱者本色。

五、六句寫屋成盛況，六句用洛陽紙貴之典，自不免夸飾。

白虎觀在洛陽，洛陽有白虎門，門上立觀，同名。

漸台在長安故城中，未央宮西有蒼池，池中有漸台，王莽死於此。

末二句以白虎觀、漸台反襯敖宅之可貴。謂樸不如奢，尊貴不如
平凡也。

四十六、西樓

溪草林芯爭碧紅，傷心黃壤閟芳容。短松明月易陳跡，斷
雨殘雲難覓蹤。伊昔老盆常共酌，即今敗絮倩誰縫？白間
一斗陳倉粟，薄暮歸來獨自舂。（卷九，頁 537）

此詩作於紹定五年（1232 年）。

西樓，克莊婦林氏墓地，故用蘇軾〈江城子〉「明月夜，短松岡」
悼亡句意。林氏卒於紹定元年七月六日，三十九歲，距此時已近四年。

首二句對仗自然工切。

三句用蘇軾文典，四句湊合而不失其眞。

五、六句回憶夫妻家常生活。

七、八句以自舂一斗粟爲結，其實極爲悲慟。

全詩未寫西樓本身，而烘染週至，抒情亦感人。

四十七、貧居自警三首之一

昨者匆匆擲印歸，六年岑寂閉柴扉。歲荒奴僅拾殘穗，日
晏婢方羹苦薇。寧渴莫賒鄰近酒，儘寒不著借來衣。中年
但祝身強健，要臥松風坐釣磯。（卷九，頁554）

此詩亦作於紹定五年。

首二句自抒，亦記年。

三句殘穗，四句苦薇，極狀其貧，後者應視作用典。但家中既有
奴婢，其貧亦有限。

五、六句復示窮態。

七、八句自慰身健，臥松風、坐釣磯，言志兼寫景。

四十八、同題之二

赤粟黃虀味最深，此生不恨老雲林。鬼神每瞰高明室，天
地皆知暮夜金。夸士燃臍猶狗貨，先賢覆首或無衾。一瓢
千駟同歸盡，莫為浮雲錯動心。（卷九，頁554）

首句寫貧食，次句寫隱居之地。

三句以高明自儆，既已隱退，毋令鬼神窺瞰也。

四句以楊震典喻己守廉之心。

五句夸士燃臍，猶不及廉，六句先賢無衾，乃吾之範。

七句謂顏淵一簞一瓢之貧寒，與顯達者之千駟千乘，其實無甚差
別，八句用孔子「富貴於我如浮雲」為典，以浮雲代富貴，自箴莫復
為世俗富貴動心！

全詩抒情言志，寫景處只剩「雲林」二字。

四十九、同題之三

客過吾廬語至晡，旋營鹽酪刈薪芻。酒兼麟脯不時有，飯
與魚羹何處無？（莉公云：「何處無魚羹飯吃？」）力學弗
忘家世儉，堆金能使子孫愚。俗兒未識貧中樂，妄議書生

骨相臞。（卷九，頁555）

首句「吾廬」切題，兼記事。

次句以待客之狀描寫其貧儉生涯。

三四句又反折回去，示以家中小康之態。

五、六句再說儉樸，六句獨示多金害子孫。

七、八句以虛為實，不知我者俗人也。

此詩作法全同於前二首，「自警」為主旨，「貧居」乃烘襯。

五十、出宿環碧

逐客挑包水榭中，忽聞乾鵲噪東風。若非閩嶠安書至，即
是襄州吉語通。（卷十，頁611）

此詩作於端平三年（1236年）。

環碧園在臨安豐豫門外，柳州寺側。端平三年春，克莊罷樞密院
編修官，主管玉局觀，遂出居環碧。時雖被逐，仍關心國事，故聞鵲
噪而有「閩嶠安書」、「襄州吉語」二句。

首句以逐客自居，以水榭稱環碧園，有一種不拘形跡的對位法在
焉。

二句乾鵲春風，恰與逐客添趣。

三、四句引申鵲噪，二事皆佳訊也。

此詩詩旨自佳，詩情稍弱。

五十一、環碧甚寒移宿客邸

香歇朝衣懶更熏，夢殘宮漏遠難聞。漫郎不稱青綾被，退
士唯堪白布裙。（同上）

此詩與上詩作於同時。

首句、次句俱婉言離朝，表面上已遠去，其實似仍不免戀戀之情。

三句以漫郎自稱，「浪漫」乎？「流浪」乎？

三、四句以青綾被、白布裙對比，寫退隱之狀況。

全詩四句，三詠衣物，亦罕覯也。

五十二、田舍即事十首之一

　　　去年贏粟尚儲瓶，又見新秧蘸水青。野老逢人說慚愧，長
　　官清白社公靈。（卷10，頁617，下三首同。）

　　此詩組乃嘉熙元年（1237年）春，未赴知袁州任時居家所作。

　　首句說儲粟，以「贏」字形容之，甚爲生新。

　　次句寫新秧，恰與前句成對比。二者展示克莊此時處境尚不錯。

　　三句自稱野老，自說慚愧，實由上二句引發。

　　四句是讚頌之辭，兼及於神靈矣。

五十三、同題之二

　　　村落爭看烏角巾，略談北事向南人。百年只有中州樂，世
　　世無爲塞下民。（同上）

　　此詩寫田舍生活之一部分。

　　首二句寫村人爭看退隱的詩人，他乃向那些南方鄉下人講述北方
的事──朝廷的，塞外的。

　　三、四句明白宣示作爲中原人的幸福，相對而言，塞外之人生涯
充滿酸辛了。

五十四、同題之三

　　　古來觀社見春秋，茜袂銀釵盡出遊。欲與魯人同獵較，可
　　憐身世尚他州。（同上）

　　此詩仍寫村人生活。

　　首二句寫社日婦女出遊，茜袂銀釵，紅白相映，頗爲鮮明。

　　後二句似謂南人不如北人（以魯人爲代表），末句狀當地男女欲
學北人而不能肖之憾。

五十五、同題之四

　　　蹴踘鞋尖塵不浣，臂鷹袖窄樣新裁。社中年少相容否？也
　　待鮮衣染鬢來。（同上）

　　首句寫村中少年少女蹴踘（踢鍵子）之美姿，次句寫獵鷹裝之生新。

三句說到自己身上：欲與諸少同樂，不知是否見容于年輕人，四句自述「配合」之狀：穿美麗衣服，把鬢邊染黑，欲強充少年也。

此首最爲生動，可發一噱。

五十六、同題之五

鄰壁嘲啾誦〈學而〉，老人睡少聽移時。它年謹物如張禹，
帝問牀前謬不知。（卷 10，頁 618）（下四首同）

首句記鄰人讀《論語》，次句說自己因老少眠，傾聽多時。頗富家常風味。

三、四用漢人張禹典：禹爲人謹厚，永始、元延年間，日蝕、地震頻作，吏民上書言災異之應，譏諷王氏（王莽一族）專政所致。帝問張禹，禹謹言之，帝聽信禹，從此不疑王氏。

此處謂老來萬事都放下，不問政治，裝聾作啞，以度餘生。

五十七、同題之六

田舍諸雛各雅馴，男兒盍有藝資身。古來醫卜皆名世，莫
學文章點涴人。（同上）

首句以諸雛喻諸兒。

次句謂男兒須有一藝謀生。

三句續之，說得更清楚：醫也卜也皆爲一藝，皆足安身立命。這是克莊的一貫態度，他對醫者卜者三教九流之人一視同仁，可參看拙著《劉克莊人物詩研究》（花木蘭文化出版社，2013 年 3 月版）。

末句反貶文章：詩也文也乃人間閒事，甚至可以對人有不好的影響。

此詩不寫景，只抒一己之見。不過首句、末句皆能形象化。

五十八、同題之七

條桑女子兩鬢垂，車馬過門未省窺。生長茅簷蓬戶裏，安
知世有〈二南〉詩？

首句寫人生動，寫人亦廣義之寫景也。

次句謂此女專心工作，不受外擾，上比管寧，下比孫文。

三句寫其生長背景，四句謂雖不讀《詩經》，其人品行誼却可比美〈關雎〉諸詩中的淑女。

此詩如畫如史，且含蓄蘊藉。

五十九、同題之八

　　草草衣裝挈自隨，婿貧畢竟與眉齊。絕勝京洛傾城色，鎖向侯門作侍兒。

首句寫村姑本色，看似信手拈來，其實乃入神之筆。

次句介紹其夫婿，但只是虛寫，末用梁鴻孟光夫婦每餐舉案齊眉之典。

三句正面讚許，三四句為跨行句。

前二句雅正，四句宜解作京洛佳女之命運。

六十、同題之九

　　兒女相攜看市優，縱談楚漢割鴻溝。山河不暇為渠惜，聽到虞姬直是愁。

此鄉居生活之另一面。

首句攜兒帶女聽優伶說書。

次句拈舉其重點，劉邦、項羽故事也。

三句「山河」由「鴻溝」引出，「渠」者項羽也。此七字正大而有味。

四句說到虞姬，此古代悲劇人物之一也。「直是愁」的主語等同「為渠惜」（山河不暇，吾人為之），是詩人自己，也是兒女。

此詩句句落實，却有言外之思。

六十一、同題之十

　　溪上漁郎占斷春，一川碧浪映紅雲。問渠定是神仙否？艇去如飛語不聞。（卷10，頁619）

首句引出本詩主角，「占斷春」三字極銳。

二句美甚：碧浪、紅雲，足夠映照此少年漁郎。

三句一問：「神仙」如在自前。

末句寫少年身姿，十分傳神。「語不聞」，是未聞我語，抑其答語聽不清楚？皆是。

十首田舍詩，寫景雖少，寫人物、寫環境却處處生色，泰半爲上品之作。

六十二、丁酉重九日宿順昌步雲閣絕句七首呈味道明府之一

傍邑曾爲劫火塵，獨茲猶是太平民。兒時所歷今三紀，使喚溪山作故人。（卷11，頁634）

此詩作于嘉熙元年（1237年）。

八月克莊被劾罷袁州知州，解印歸里，此爲其途中經南劍州順昌縣所作。步雲閣：在福建延平府順昌縣水南鄉。

味道明府，指順昌縣令趙汝腴。

首句以旁邑之災劫爲烘襯。

次句正說此鄉之太平。

三句憶舊：於今三十六年矣。

四句復返後依然親切自在，竟然使喚此鄉之溪之山，視之爲故人老友。

此詩由宏觀轉近觀，依依可挹。

六十三、同題之二

老子癡頑耐遠遊，平生腹不貯閒愁。今年天賜登高地，身在雲峰最上頭。（同上）

首二句自抒，一說愛遠遊，一說不存閒愁，說來頗爲自負，尤以第二句爲甚。

三句寫步雲閣之高，四句增益之，亦不失是切題之妙句。

六十四、同題之三

小休綠樹濯清泉，垢盡身輕意欲仙。豈必魯儒知此樂？舞
雩風止在溪邊。

首句寫樹與泉，用「濯」字似可串連二者。

二句寫自然美景之效用。

三、四句謂《論語》中所載舞雩之樂，在此溪邊亦能享用到，用
典自然。

六十五、同題之四

九月南州菊未黃，芙蓉取次獻新妝。不妨折取繁紅插，四
海皆知兩鬢霜。

首句待菊開，次句見荷放，「獻新妝」乃用擬人法。

三句巧手探花，四句謂足以增老鬢之輝，紅白相映，四海矚目。

六十六、同題之五

只了年年作逐臣，衣冠襤褸面埃塵。偶逢令尹留連我，不
畏狂生點浣人。（卷11，頁635，後二首同。）

首句用「只了」打頭，看似無厘頭，其實別有用意：乃不得已、
莫可奈何之意，略同於「只好」。

二句形容得可憐兮兮。

三句感謝趙縣令知遇之恩。

四句自稱「狂生」，上應「逐臣」。「點浣人」，前面有一詩戒兒女
勿以詩文點浣人世，此處竟把自己等同詩文，但不再戒儆，而說令尹
不畏我，妙哉！

六十七、同題之六

先倩清風掃水軒，更呼涼月倒金樽。定知明府歸侵夜，縣
郭留燈未閉門。

此詩詩意盎然。

首句請清風掃軒窗，擬人而雅；次句呼涼風侍酒，擬人而韻。

三句忽一轉，其實承一、二句也。縣令晚歸，恐與詩人共遊也。動詞「侵」字有力且有趣。

四句「留燈」，映照全詩。

六十八、同題之七

長君論事天爲動，季子居官水似清。雙眊不能鈔諫草，偏聾尚可聽琴聲。（途中得茂實封事，目昏字小，不能傳錄。）

首句長君指漢昭帝時之路溫舒（字長君）。他在宣帝時上書言尙德緩刑，帝善之。

次句季子，或指春秋吳國之季札。

二句並以揄揚趙汝腺之忠與廉。

三、四句自稱老眊，不能細看趙氏之奏章（趙字茂實）。但雖重聽，却猶可聆賞琴音。

若無第四句，則三句爲死句矣。

六十九、梅州楊守鐵庵（取東坡稱元城爲鐵庵。）

北客由來憚入南，僕家諫議飽曾諳。誰云瘴霧非吾土，曾有魁儡住此庵。身重豈容眉斧伐，時危猶要脊梁擔。公歸未必懷陳跡，留與州人作美談。（卷11，頁675）

此詩約作于嘉熙三年（1239年）。

梅州楊守鐵庵，即楊應己。鐵漢樓在梅州（今廣東省梅縣），宋劉元城嘗安置在此數年，不以險阻動心。蘇軾以爲鐵漢。宋人建以表其節操。知州楊應己慕之，乃建鐵庵銘之。

首二句謂楊氏南來爲官之辛勞。

三句形容其地有瘴霧，四句兼謂劉元城、楊應己二人。

五、六句描述二人之風骨，重點在應己身上。

七、八句之讚譽全落在楊氏身上。

仍是寫庵處少，寫人處多。

七十、梅州重建中和堂

中和堂昔燬於火，今剪荒榛再落成。博士尊師重演說，史
君存古不更名。漸摩俗學三風熄，流布襃詩五瘴清。天子
金聲兼玉振，會徵褚大與兒生。（卷11，頁676）

此詩亦作于1239年。

中和堂在梅州府署內，在廳堂之北。

首二句全用散文句法，首句拗口。

三、四句說楊應己尊古而建此堂。

五、六句謂楊氏力倡詩教，「五瘴清」雖夸飾猶好。

七、八句謂此堂廣播教化，可比美漢之褚大、倪寬。

此詩仍是述人而乏寫景。

七十一、洛陽橋三首之一

周時宮室漢時城，廢址遺基劃已平。乍見橋名驚老眼，南
州安得有西京？（卷12，頁689）

此詩作於嘉熙三年（1239）入廣途中，下二首同。

橋在晉江縣府城東北三十八都，又名萬安橋。

首二句破題，令讀者大致知曉此橋之歷史背景及現狀。

三句示橋名，因與長安故橋同名，故驚詩人之心與眼焉。

四句說明完整，用問句較委婉。

四句實與首句遙相呼應。

七十二、同題之三

面跨虛空趾沒潮，長鯨吹浪莫漂搖。向來徒病川難涉，今
日方知海可橋。（同上）

按此橋在洛陽江上，前七字形容得淋漓盡致，次句更強調它的堅
牢不可撼。「長鯨吹浪」自屬夸張之辭。

三句半虛半實，四句實寫，但「海」字亦是誇大了「江」。

七十三、越台

> 南帝當年此築台，稱雄亦豈偶然哉？謾通異國求陽燧，不
> 道偷兒飲漆盃。能使越人存舊跡，始知秦史有奇才。祇今
> 黃屋歸何處？但見牛羊夕下來。（卷 12，頁 737）

此詩亦作于 1239 年，入廣州後作。

越台，全名越王台，在廣州城北悟性寺。台據北山，南臨小溪，
顧瞻則越中諸山不召而自至，却立延望，則海外諸國可髣髴於溟濛杳
靄之間。（此唐庚所記，或不免誇張失實。）

按南帝，當指南越王。首二句以越台、南越王並舉，次句甚為有
力。

三、四句憶述南越王故事。

五、六句謂此台乃南越王舊跡，有保存史蹟之功。

七、八句悼念往者逝矣，此地牛羊成群而昔人早已不見。

由地理到古人到歷史，此詩可謂包孕宏富。

七十四、浴日亭

> 歸客飄然一葉身，尚能飛屐陟嶙峋。危亭下瞰崐夷宅，積
> 水上通河漢津。叱馭爲臣前有志，乘桴從我更無人。暮年
> 筆力全衰退，甘與韓蘇作後塵。（卷 12，頁 742～743）

此詩亦作于 1239 年，人在廣州。

浴日亭在扶胥鎮南海王廟之右，小丘屹立，亭冠其巔，前瞰大海，
茫然無際。雞鳴見日，若凌倒影。

首句以「歸客」自稱，飄然一葉自喻。

次句「飛屐」，猶言「健步」，但較爲形象化。「嶙峋」與上句「一
葉」若成對比。

三句「崐夷」用《史記・夏本紀》地名典，是半虛寫法，四句上
通河漢津，可視作實寫。

五句憶爲仕時，下句說今海上隱居。

七句自謙自歎，八句又若充滿自信。試想既追踪韓愈、蘇軾，又

豈眞「筆力全衰」？

此詩四句寫景，四句抒情。可惜未寫出「浴日」之姿。

七十五、白鶴故居

天稔中原禍，朝分當部爭。當年誰宰相？此地著先生。故
國難歸去，新巢甫落成。如何鯨侵外，更遣打包行？（卷
12，頁 744）

白鶴故居，東坡故居也，在惠州歸善縣治之北白鶴觀基地上。紹聖間東坡請在其地築室，室中塑東坡像，堂曰德有鄰，齋曰思無邪。

此詩亦作于 1239 年。

首二句撫今思昔。

三句宰相謂章惇，四句直指蘇軾。按東坡在紹聖元年（1094 年）五十九歲時謫惠州。二句平述，卻自寓貶斥章惇之意。

五六句追述東坡當時處境及白鶴故居之築成。

七、八句「鯨浸」指海，或謂不久之後，又將南貶儋州矣。

全詩寫人不描屋。

七十六、六如亭

吳兒解記眞娘墓，杭俗尤存蘇小墳。誰與惠州耆舊說：可
無壤土覆朝雲？（卷 12，頁 745）

此詩亦作于 1239 年。

六如亭亦在惠州，東坡侍妾王朝雲，字少霞，紹聖三年（1096 年）卒于惠州，葬豐湖上，東坡爲六如亭以覆其墓，且書其辭於石。偈云：「一切有爲法，如夢幻泡影，如露亦如電。應作如是觀。」故曰六如。

首二句用眞娘墓、蘇小小墳作比，甚爲切當。

三、四句用疑問句，似謂朝雲墓不夠堂皇，或已傾廢。

七十七、再題六如亭。余既修廢墓，六仆碑，或者未解意。明年北歸，賦此解嘲。

> 昔人喜說墜樓姬，前輩尤高斷臂妃。肯伴主君來過嶺，不妨扶起六如碑。（卷 12，頁 747）

此詩與上詩作于同時。

按劉克莊確實呼籲郡守與之修墓立碑，使朝雲墓及六如亭再展風姿。首句引述石崇愛姬綠珠，爲夫跳樓殉情，次句斷臂妃指五代小說中王凝妻李氏，凝卒於官，一子尚幼，李氏携子負遺骸歸，東過開封，止旅舍，主人不納，李氏不肯去，主人牽其臂而出之，李氏慟哭，不肯以一手並污其身，乃引斧自斷其臂。她不是「妃」，克莊用此字，恐純是爲了押韻。

首二句又以綠珠、李氏比匹朝雲。

三句承之，說朝雲之忠貞，四句一轉亦合：因此代爲修墓立碑。

此詩續承前詩，相得益彰，兩不可廢。

七十八、題小室二首之一

> 已向深林卓小庵，是中僅可著禪龕。士師何止三無慍？中散居然七不堪。一去重華那復得，方當盛漢勿多談。近來弟子俱行脚，誰伴山僧面壁參？（卷 13，頁 783，下同）

此詩作于淳祐四年（1244 年）。

首二句介紹莆田新居，屋居林中，頗小，有禪堂。

三四句用令尹子文及嵇康二典，說明自己隱不復仕之志願。

六句用司馬遷〈報孫會宗書〉語，五、六句並謂退隱者不理會朝政。

七句謂少年多遠行，八句謂己若山僧面壁，無人相伴，乃以寂寞自守。

除首二句寫內外景外，均是自抒之辭。

七十九、同題之二

> 阡陌東西山北南，半生常帶散人銜。何曾雲夢芥八九？一

任狙公芋四三。閣上大夫投欲死，甕間吏部寢方酣。可憐
子駿無家法，下見先人面有慚。（卷 13，頁 783）

首句寫小室地理位置，兼爲天涯海角之喻。

次句自抒，散人，閒人也，祠官之類亦可列入。

《史記・司馬相如列傳》：「吞若雲夢者八九，其於胸中，曾不蒂
芥。」謂心胸闊大，此處半正用半反用，亦堪稱巧思。

四句用《莊子・齊物論》狙公賦芋于眾狙之典，朝三暮四、暮三
朝四，隨任天公所賜，何必爭執？

五句用揚雄在王莽時欲投閣而未死之典，六句謂韓愈酒酣而眠。
皆以自喻。

末二句用劉歆（劉向子）典：謂己未能繼承乃父家法，有所慚愧。

全詩一寫景七抒情，用典者五。

八十、三月二十五日飲方校書園十絕之一

才入中年會面難，安知白首此圍藥？不妨時駕柴車出，只作
初騎竹馬看。（卷 13，頁 804）

此詩作于淳祐三年（1243 年），奉祠家居期間所作。

方校書園：莆田方淙嘗官校書郎，其園自亦在莆田。

首二句敘二人之情，由泛而專。

次二句駕柴車，見農家風味，隱者姿態。四句謂二人乃少年好友。
柴車、竹馬，天然成對。使山水田園爲之生色。

八十一、同題之二

伯兄迺漢司徒掾，季子亦唐行祕書，只願荊花常爛熳，莫
令瓜蔓稍稀疏。（同上）

首句說方氏之兄，次句說方氏之弟，漢、唐只是引喻添色。

三句寫荊花，四句寫瓜蔓，皆是眼前風光，卻因「只願」、「莫令」
二詞，顯得活潑生色。

前二句之兄弟，次二句之花瓜，遙成對位。

八十二、同題之三

自古根深枝葉蕃，百年喬木到今存。只留諫草傳家世，莫
著軺車辱門戶。（褚彥回以軺車給從弟炤，炤大怒曰：「著
此辱門戶。」）（同上）

首句寫樹姿，次句足成之，可視作二倒裝句。

三句寫家風清白正直，四句用典添補。「諫草」、「軺車」，天然渾成。

八十三、同題之四

西舍鳴箛索賦詩，東家拽石請書碑。眼中除却壺山外，多
是新知少舊知。（卷 13，頁 805）

鄉居生活，亦頗不寂寞：一人索詩，一人求書，「鳴箛」湊興，「拽
石」生動。

壺山，莆田即景，四句直寫。

以天地山川為友，亦以四鄰為侶。

八十四、同題之五

呼來不許望清光，魔去奚堪作省郎？莫是後身劉快活，插
花重入少年場。（同上）

劉快活，信州之黔卒，不知何地人，始以猖狂避罪入山中，適有
所遇，遂能出神，多作變怪。與人言，道人吉凶，雅有驗。每自稱快
活，故時人呼之為劉快活。喜出入將相貴人之門，又能為容成術，所
與遊從老嫗，皆度為弟子，容色光異，或多至八九十歲，快活亦至百
歲，然如五十歲顏狀。

首二句似仍為自抒，才人不得志之言也。

三、四句一轉：甘為劉快活，瀟灑自在，青春永駐。「插花」、「重
入」，皆生新活潑。

八十五、同題之六

石室千年不復開，庭花無語委蒼苔。石間舊客唯枚叟，白
髮重將屐齒來。（同上）

首句直寫古石室，次句寫庭花，因「無語」、「委蒼苔」二語，擬人生色。

三句用枚乘典自喻，四句完足之。屧齒、蒼苔，天衣無縫。

八十六、同題之七

空留蘚石仆斜陽，不見奇章與贊皇。何必雍門彈一曲？蟬聲極意説淒涼。（卷13，頁806）

首句繼紹前詩首二句而濃縮之。

奇章，應指狸，（或指山。）贊皇，山名，在河北贊皇縣西南。謂不見動物出沒，亦無高山。

雍門，齊城門。齊雍門人，古之善歌者，效韓娥之遺聲，善歌哭。三句謂處身田園之地，何必由人彈曲作歌。

四句說蟬聲，蟬聲代人聲，足矣。以三引四，自是克莊慣技。

八十七、同題之八

百年如電復如風，昨日孩提今日翁。乍可生前稱醉漢，也勝死後謚愚公。（同上）

首句二喻親切，次句七字成一生。

三句醉，四句愚，二者必擇其一乎？

醉漢者達人也。

全詩未見一字寫景，但電、風本是自然之景。

八十八、同題之九

早退分明勝一籌，行年六十復何求？東門瓜與南山豆，誰道君恩薄故侯？（同上）

首句標明人生宗旨，次句謂人生六十已堪喜。

東門種瓜是昔日王侯，南山種豆是千古詩人，二者誰勝誰劣？一目可以了然。君王薄故侯乎？故侯薄君王乎？一切不必細求也。

八十九、同題之十

後有良工識苦心，今無善聽孰知音？老來字字趨平易，免
被兒童議刻深。（卷 13，頁 807）

首句求知己於後世，次句憾今也無知音。

三句自述詩風之變。按老來平易，詩人之定命也，陸游、楊萬里
如此，今之余光中、鄭愁予亦如此。

末句只是三句之衍飾。

此乃小園飲後抒感，全不寫園景。

九十、送葉士龍竹林精舍

侍講開甥館，三閱不至舍。少曾居北面，老只往東家。野
老庖尤美，深衣裒未華。何時尋舊路，去謁玉川茶？（勉
齋依文公以居。雲叟，勉齋高弟也）（卷十六，頁 910）

此詩約作於淳祐五年（1245 年）。

葉士龍，號雲叟，黃榦門人。

首二句寫竹林精舍之大概情形。

次二句說明作者與葉家之關係－今昔皆近鄰。

五句寫精舍美食，六句寫葉氏衣著。

末二句乃念舊之詞。

文公，指朱熹。

九十一、題宋謙父四時佳致樓

吟者多矣，率為〈環翠〉卒章下注腳。惟張公元德兼取別
詩「佳興與人同」之句，以互相發明。余不識張公，端平
初同召審，張辭不至，余所愧也。故拙詩本張遺意。
四序推移景送新，二詩體認理尤親。愛蓮亦既見君子，看
竹不須通主人。領暑春風來廣坐，分張月色過比鄰。端能
著我西家否，客户何妨贅一民。（卷 16，頁 924～925）

此詩約作於淳祐六年（1246 年）。

宋謙父名自遜，別號壺山居士，金華人，徙居南昌，父子兄弟皆

能詩，而謙父尤著。文筆亦高絕，當代名流皆敬愛之。四時佳致樓不詳。

首句破題而眞切，次句指〈環翠〉詩，亦已不可考。

三、四句並言愛蓮看竹，自然而雅逸。

五、六句寫賞月吟風睦隣。

七句自述乃其西鄰，八句謂祈請收容，意指視我爲佳侶佳鄰也。

全詩景中溶情。

九十二、題羅亨祖叢菊隱居

今君抱送當秋晚，手種寒葩占斷清。伯始厚顏貪飲水，靈均滿腹飽餐英。要須晚節分香臭，寧與朝華角悴榮？父老方夸琴調古，未應高興慕淵明。（卷16，頁927）

此詩亦作于同年。

羅亨祖叢菊隱居，無考。

首句寫羅氏秋居隱逸，次句寫菊，「占斷清」三字尤有滋味。

三句伯始應指漢人胡廣，但「貪飲水」不詳，蓋胡廣乃廉直之士也，或爲正面義。四句屈原餐落英，正扣住叢菊。

五句喻羅氏晚節清高，六句謂表面之榮悴不必較論。

七句說琴調古，八句比淵明，淵明家置無弦琴，故此係反用典。

全詩寫菊，兼以琴調襯托之，未正寫隱居之所，但似可想像得之。

九十三、小圃有雙蓮，夏芙蓉之喜，文字祥也。各賦一詩，爲宗族親朋聯名得隽之讖之一

天色雙葩費剪裁，固知造物巧胚胎。機雲乍自吳中出，坡穎初從蜀道來。佳讖似因先輩設，瑞苞不爲老人開。集英明歲薰風裏，席上英才即斗魁。（卷18，頁1020，下同。）

此詩與下詩作于淳祐十二年（1252）夏。

此首寫蓮。

首句破題，次句讚之。並蒂蓮固罕見之花也。

三、四句用文學史上兩對友好兄弟：陸機陸雲、蘇軾蘇轍爲喻，設想甚巧。

五、六句謂此雙蓮乃佳讖，或爲前輩所設，而不可能爲我這老人所開。謙中蘊喜。

七、八句突然灑開去，但仍不失人間事情——此爲吉兆。明年集英殿中掄才時，席上英才吟賦雙頭蓮成佳作，即可選中斗魁。（語爲雙關。）正切題目之後半。

七、八遠想，仍與三、四句之陸、蘇二家雙賢遙相呼應也。

九十四、同題之二

四月池邊見拒霜，園丁驚問此何祥。花如雲錦翻新樣，葉似宮袍染御香。病不能陪花酒伴，詩猶堪譟鼓旗傍。諸君筆力回元化，努力先春壓眾芳。

次首詠夏芙蓉，實亦荷屬。

四月初夏，而見拒霜之花，故有次句驚問何兆之語。

三句用喻描寫花姿花色，四句喻葉以烘托之，且另出嗅覺意象。

五句謙老不能酒助勢，六句喜詩猶可添興。

七、八句勉勵同遊諸公施展才華，猶如名花壓倒群芳。

因花而誌喜，雙詩如雙蓮矣。

九十五、病起窺園十絕之一

夜起飯牛薄暮春，古人既老始明農。殘年尚欲勤東作，未肯將身傍瘦筇。（卷20，頁1149，下三首同。）

此十詩作于寶祐二年（1254年）。

首句寫當時鄉居生活：夜起實爲早起－天未明即起也。

次句用古人來襯托自己。己亦古人乎！

三句非轉實承。

四句由反面說：不肯倚仗漫步，認老服老。以此作結，縈顧全詩。

九十六、同題之二

　　謬叨虛獎每慚顏，奇字新經未一斑。除却騎驢搜句外，了
　　無些子似鍾山。

　　此詩全以王安石自比。王安石晚年隱居于建康之鍾山，張舜民〈哀
王荊公〉詩：「去來夫子本無情，奇字新經老不成。今日江湖從學者，
人人諱道是門生。」克莊借此詩而反吟之。

　　首句謂友朋謬讚。

　　次句謂己不如安石之作奇字新經（安石曾作《三經新義》）。

　　三句說自己也像安石「跨驢出入」，隨機吟詩。

　　四句說除此一無似安石處。

　　全詩自謙中有自許。「比上不足，比下有餘。」此之謂乎！

九十七、同題之三

　　青帝施恩野老家，分張紅白乞年華。安知巽二無斟酌，吹
　　盡先生一架花。

　　首句謂春神施恩，陽光普照，次句謂紅白花開。

　　三句巽二指風神，四句繼之，風吹花落。

　　全詩只是說花開花落，二神一野老穿插其間。

九十八、同題之四

　　一陣狂風吹彩雲，猩紅萬點落繽紛。人間無處堪翻訴，說
　　向天公似不聞。

　　首句似說天風吹雲，但次句顯示「彩雲」非雲，乃燦爛之花朵。

　　三句一轉，無處訴說委屈。

　　四句再擬議：說向天公；但天公不理。

　　大自然自有其律則，人亦莫可奈何。小園如此，其他時地亦然。
克莊此詩，半屬戲筆。

九十九、同題之五

　　經月龍鍾少下床，土花上壁笋穿牆。不知老去無筋力，猶
　　自支吾探海棠。（卷20，頁1150，下四首同）

　　首句描述己之老態，次句擒寫大自然之生機，兩兩相對，其旨趣
自見。

　　三句自嘲，四句實說。「支吾」二字用得極巧，可謂唯妙唯肖。

一百、同題之六

　　久匣菱花懶一窺，都忘挾彈洛陽時。若非病起臨池水，白
　　盡鬚眉不自知。

　　首句謂菱花久困，已忘窺看。

　　次句回憶洛陽少年挾彈而遊時，說「都忘」其實未忘也。

　　三句病起窺池，四句由池水見白鬚白眉。

　　人在大自然中，自然相對蒼老，但大自然亦能助我省察自身。

一〇一、同題之七

　　病來豈有力迎緩，毫及已將家付康。幹蠱久勞小兒子，探
　　丸未遇大醫王。

　　緩、康，二人名，《莊子·列禦寇》：「鄭人緩也，呻吟裘氏之地。
只三年，而緩為儒，河潤九里，澤及九族。」康，指司馬光之子司馬
康。司馬光晚年生病，悉以身付醫，家事付康。

　　首句謂病身不復學業，次句謂家事交給兒女。

　　三句續承二句，四句惜未遇良醫，故久病未瘳。

　　全詩純寫鄉居生涯，欠缺寫景之句段。

一〇二、同題之八

　　姑山糠粃鑄堯舜，鐵拐刀圭度呂鍾。結裹諸君成禹孟，可
　　能不是老夫功。

　　《莊子·逍遙遊》：「大浸稽天而不溺，大旱金石焦而不熱，是其
塵垢粃糠，將猶陶鑄堯舜者也，孰肯以物為事？」姑山，姑射山，仙

者之境。

　　八仙中李鐵拐有足疾，爲東華教主，持鐵拐一根，前往京師度漢大將軍鍾離權，權又度呂洞賓。

　　禹孟，宋人有將大禹、孟子並論者。如陳亮云：「夫大禹之功，孟子之德業，余平生之夢寐在焉，而恨其身之不可企也。」

　　首二句寫仙，次二句寫儒，四句謂己力有限，不足陶鑄後輩。

　　此詩謙卑中有自信。

一○三、同題之九

　　花外小車時出遊，有佳風月亦登樓。水晶宮與人間相，把
　　乞先生未點頭。

　　一二句說老人家的遊興，乘車、登樓，花月齊參。

　　三句謂仙境與人間世，四句謂先生不參與他人之事。猶言各人宜自求多福也。

一○四、同題之十

　　雲裏金烏瞥見些，屋山鵲語亦查查。侵晨掃徑開籬戶，童
　　子知翁出看花。（卷 20，頁 1151）

　　首句寫陽光偶露，次句寫查查鵲叫聲。

　　三句童子掃徑開門戶。

　　四句老翁（詩人自己）出門看花。

　　四事融合爲一畫。

　　十詩抒情述事多于寫景，然皆灑落自在。

一○五、小園即事五首之一

　　投老誅茆水竹村，未論避謗且逃喧。屋低穩似於誰屋，園
　　小賢於樂彼園。待小車來時上閣，有高軒過勿開門。蝸牛
　　不曉虫魚法，作意麻搭篆粉垣。（卷 20，頁 1152，下二首
　　同）

　　此五首詩亦作于 1254 年。

首句開宗明義，介紹自己的心境及處境：水竹之村，手自開關。

三、四句屋低園小，說得溫馨。

五句寫實，六句半象徵。

七句似以蝸牛自喻，八句繼之，形象鮮明。

好一幅田園自樂園！

一〇六、同題之二

> 靈椿難減菌難加，莫笑山翁兩鬢華。不與公榮同飲酒，只
> 留禹錫獨看花。客來稍覺罍空恥，事去方知寵等差。歸老
> 東陳無可恨，失侯不失故園瓜。

首二句謂壽者恆壽，夭者恆夭，人力不能變之。二句引回到自己身上來。此時克莊已是六八老翁了。

《世說新語·任誕》：「劉公榮與人飲酒，雜穢非類，人或譏之，答曰：『勝公榮者不可不與飲，不如公榮者亦不可不與飲，是公榮輩者，又不可不與飲。』故終日共飲而醉。」三句反用其典，謂已戒酒，四句用劉禹錫典，獨自看花，自得其樂。

五句、六句俱言待客少酒，似與三句相應。

七、八句以漢初東陵侯召平落魄後種瓜事自喻，完成一篇旨趣。

一〇七、同題之三

> 乍脫重裘試薄紈，綠陰多處小凭欄。李甘尚可分蜂半，柿
> 落何妨拾鳥殘。貸粟監侯寧忍餓，借衣友壻不如寒。獠奴
> 但怪沉吟久，肯信詩中字未安。（同上）

首句寫春來更衣，次句寫綠陰處處足可憑欄看景。

三句寫甜李，四句咏新柿。「拾鳥殘」尤好。

五句用《莊子》典：莊子貧往貸粟于監河侯，侯曰：「諾。我將得邑金；將貸子三百金，可乎？」猶言遠水不救近火也。

六句用陳後山寧可忍寒不穿丈人趙挺之所借寒衣。

末二句謂奴僕不了解吟詩之樂。全詩前後似散實渾成。

一〇八、同題之四

　　拂拭桃笙設葛幬，床頭老易卷還舒。慣聽小子嘲師語，懶
　　作痴人罵鬼書。（東方朔作罵鬼書。）無復出神游帝所，有
　　時信脚到華胥。獨憐短夢匆匆覺，不曉希夷睡月餘。（同上）

　　首二句記家中佈設，次句《老子》、《易經》並存，「卷還舒」甚
生動。

　　三句似上首七句，四句應合之。

　　五句不神遊宗廟朝廷，六句信步到華胥夢境。

　　此二句又展現克莊的胸懷及長隱之心願。

　　七句直承六句：人生若夢，匆匆促促，夢而隨覺。

　　八句再承續之：世間人只有陳希夷（摶）是半人半仙，故一睡月
餘，我後村望塵莫及，故言「不曉」也。

一〇九、同題之五

　　稍轉陽和解積陰，暫停湯熨事微吟。翠禽娛客有佳唪，金
　　鯽知人無殺心。一片不留花著樹，數竿忽見笋成林。野蹊
　　滑滑泥平膝，荷鍤奴扶試一尋。

　　首句示明氣候，天晴了！因晴少濕，故不必再熨衣物了。代之以
吟詩，「微」字輕鬆。

　　三句禽語，四句魚躍。

　　五句花落，六句笋茁。

　　七句蹊泥，八句奴扶。

　　春日田園風光，盡在此中矣。

一一〇、門外

　　門外沙鷗忽散群，云何飛矢遠尋君？今身莫是前公幹，異
　　世寧無後子雲？早歲多言生悔吝，暮年雙矒斷知聞。吾兒
　　謹勿趨華藻，寧使班書議少文。（卷23，頁1269）

　　此詩作于寶祐四年（1256年）鄉居時。

首句寫鷗姿，次句寫獵者飛矢。

三句以公幹自比，四句以揚雄自喻。子雲久困文苑，幾乎投閣，而克莊其實不同。

五句自悔少年多言惹禍，六句自慶聾瞶少煩惱。

七句訓子勿文，八句補之：不怕班固春秋之筆的議論。

除一、二句寫景外（二句其實爲虛擬），全屬抒情言志之句。

一一一、門前榕樹

> 木壽尤推櫟與樗，觀榕可信漆園書。絕無翡翠來巢此，曾有蚍蜉欲撼渠。五鳳修成安用汝，萬牛力挽意何如？山頭旦旦尋斤斧，擁腫全生計未疏。（卷 23，頁 1274）

此詩亦作于 1256 年。

首句以櫟與樗烘托榕樹。次句謂莊子亦曾讚榕（或指〈山木〉中之不材之樹）。

三句實寫無，四句虛寫有。

五、六句似用典實用喻：鳳也牛也，未必能爲榕樹添其身價。

七句記伐，八句說全生之道。

此詩好處在四面八方說法，缺點在未能集中筆力寫照此榕本身。

一一二、燈夕守舍

> 百口惟翁懶入闉，誰傳畫隼出行春。冶容淇上多遊女，群飲街頭有醉人。聽黑簫韶成假寐，映青藜杖是前身。不知誰侍傳柑宴，早爲君王靖寒塵？（卷 24，頁 1354）

此詩作于寶祐五年（1257 年）春。

首二句具寫詩人在元宵夜不出門，但聞人傳今宵有鷹隼之燈。

三、四句寫元宵遊女醉客之姿貌。

五、六寫自己在家的感覺。

七、八句又馳思家國之事，念念不忘邊關。

此詩抒情爲主，寫景寫人，不過二三句耳。

一一三、村居即事六言十首之一

> 磐石時時垂釣，茅簷旦旦負暄。小杓行魚羹飯，長竿曬犢
> 鼻褌。（卷25，頁1369）

此十詩皆作于寶祐五年（1257年）。

克莊詩集中，六言並不多見，此十首頗見風致。

首句實為「時時垂釣磐石上」之倒裝句，因為六言，反顯得拙樸可愛。

次句本應作「日日負暄茅簷下」，亦因倒裝而添味。

三、四句用拗口的二一三句式，魚羹飯、犢鼻褌，充滿鄉村風味。「行」、「曬」二動詞亦俏拔。

一一四、同題之二

> 呵凍畫灰鍛詩，傍人笑汝白癡。五百年有名世，七十翁如
> 小兒。（同上）

首句六字三動作，「鍛」字在「呵」、「畫」下更覺有神。

次句真如今人之白話。

三句自詡而不著跡，四句自抒－此年後村恰滿七十（虛歲已七十一）。

三、四合看，可發會心一笑。

一一五、同題之三

> 鈍根無慧能偈，信心有梵志詩。黃吻少年妄語，龐眉尊者
> 不知。（卷25，頁1370）

首句自謙無慧根，次句自比王梵志。我是詩人，不是高僧。

三句謂晚輩小生無知，不能了解我；而尊長大師，亦似不知我。

自古詩人多寂寞，後村似亦能安之若素。

一一六、同題之四

> 老蚌剖胎枯矣，雄鷄斷尾棄之。刎頸交誰救汝？犁舌獄無
> 出時。（同上）

首句暗抒己江郎才盡，次句謂不免自棄。

三句用三一二句式，亦倒裝，寫求助無門之態。

四句同三句句法，謂自己落入拔舌地獄，乃因一生喜弄文字之過也。

全詩寫老詩人的矛盾心情，入木三分。

一一七、同題之五

> 有時散髮松風，有時一劍秋空。講易白牛谿上，題詩黃鶴
> 樓中。（同上）

首二句寫鄉居風姿，享用松風之外，更揮一劍于秋空，如此老翁，猶若翩翩少年。

隋王通居白牛谿，教授門人甚眾。此三句乃以王通自比。

四句之黃鶴樓，亦不過借用崔顥、李白典，說己吟詩、題詩之事，未必眞臨黃鶴樓也。

按克莊時居家鄉，距武昌豈止千里之遙。

賞景、揮劍、講學、吟詩，俱是詩人本色，其中惟揮劍一事稍出人意外。但後村曾有邊塞功業，則亦不覺勉強了。

一一八、同題之六

> 風窗有竹相敲，地爐無葉可燒。亂書翻覆未了，一燈明滅
> 頻挑。（同上）

首句寫風寫竹，竹爲重點，「相敲」，使竹擬人化。

次句寫無（葉），狀其清貧，反增詩味。

三句翻書讀書，「未了」味永。

四句是夜讀光景，頻頻挑燈，是勤亦似暗示其清寒，與二句相應。

全詩淡淡白描，自有神韻。

一一九、同題之七

> 一把算未能下，萬戶棋苦不高。老子腹中無物，渠儂笑裏
> 有刀。（同上）

首句謂己不通籌算。

次句說自己棋藝不高，「萬戶棋」，尋常百姓漫然所著之棋也。

三句自謙，但既自稱「老子」（學辛稼軒也），則心中之自負，亦自然流露出來了。

四句之渠儂，指一般世俗之人。「無物」者或無我，保持純眞之心，而世俗渠儂，則不免笑裏藏刀，防不勝防。

此詩有以人烘己之嫌，但畢竟是出自肺腑之言。

首二句或者喻示「機關算盡」非我之所長，則與四句亦相呼應矣。

一二〇、同題之八

坐處在細旃上，立時傍江雲邊。寧罰公幹磨石，可使劉陶
鑄錢？（同上，頁 1371）

首句寫坐態，次句描立姿。江雲、細旃，俱令人自在愜意。

三句用劉楨典：公幹少有才辯，常預曹丕座，見甄后而直視之，曹操（一作丕）怒，配上方。帝至上方，觀作署，楨故匡坐，正色磨石不仰顧。帝問：「石何如？」楨因得喻己自理。

四句用劉陶典：後漢劉陶以切諫爲權臣所憚，徙京兆尹。到職，當出修宮錢千萬，陶清貧，而恥以錢買職，稱疾不聽政。

三、四句合起來看：乃指士貴有氣節，克莊雖老，仍以此自許。

一二一、同題之九

髮脫禿鶖無異，背傴橐駝逼眞。不是進賢冠相，亦非靈壽
杖人。（同上）

首句述己禿，次句說己駝，恰好肖似二動物，此中之自嘲，實爲後村幽默感之充分展現。

三、四句又使用二一三句式，此式在六字詩中較常見，有一種頓挫效果。

三句說無貴相，四句說無壽命。其實他已屆古稀之年，三句或表微憾，四句不過聊以自謔耳。

一二二、同題之十

敝縕袍足蔽體，惡草具可享賓。犢車榮過九錫，鮓飯甘于
八珍。（同上）

首句寫衣之貧，次句說食之儉，但充滿知足長樂的意味。

三句寫行－以犢車代步。

四句再說食，八珍何足貴！與次句近而不同。

此詩在田園風味外，更流露達人胸襟。

十首少景多情，仍可視作最廣義之寫景詩。

一二三、寄題楊懋卿孝感堂

哭時聞者亦欷歔，雙鶴隨聲下碧虛。帝出絲綸照穹壤，官
施綽楔表門閭。今無陶侃誰能爾，古有蘇耽莫是渠。華髮
史儋曾載筆，尚能濃墨爲君書。（卷 25，頁 1391）

此詩亦作于寶祐五年（1257 年）。

楊懋卿：淳祐十二年，太學錄楊懋卿以孝行卓異，詔表其門，以
其事宣付史館。其他不詳。

首句似謂楊氏已逝，眾咸哀哭。

次句寫雙鶴亦感應焉。此二句已足彰顯其身分人格。

三句絲綸，指天子之詔敕。三、四句合言以孝行旌表之事。

五句以陶侃之勤儉喻之，似反說實正言。

六句之蘇耽乃湖南郴縣人，少孤，養母至孝，言語虛無，時人謂
之癡。曾與眾兒牧牛，更直爲帥，錄牛無散。每至耽爲帥，牛輒徘徊
左右，不遂自還。此喻楊氏之癡誠。

七、八句謂楊氏將青史留名。

全詩一哀一榮二喻一收。

一二四、田舍即事十首之一

閩土資生少，農家作苦多。尚能蓋牛屋，未肯入鷄窠。社
裏載花舞，原頭拾穗歌。設令生漢代，堪冠力田科。（卷 26，
頁 1426）

以下十首均作于 1257 年。

首二句明示福建地帶之資源缺乏，所以農家只能辛苦耕耘以謀生。時正家居。

三、四句雖平實，却頗有自豪之意。牛屋、鷄窩，可視作雙關語。

五、六句細寫村居生活之內容。

七、八句遠引到古代，却著實強調了歸耕力農的志願和情趣。

一二五、田舍即事十首之二

場圃先修築，囷倉次補完。坐居鄰叟下，蓑笠暮年身。荷蓧侵星出，肩禾束蘊還。小窗殘卷在，未敢便偷閑。（卷 26，頁 1427）

首二句全寫田家工作：修場圃和囷倉。

三、四句抒己無親鄰。

五、六句寫朝暮農夫生活。早出晚歸。

七、八句寫讀書生涯。

全詩平平實實，洋洋灑灑，讀之令人敬佩、羨慕，心嚮往之。

一二六、同題之三

此日田舍漢，當年省禁臣。絲綸隔世事，蓑笠暮年身。龍棄眞初祖，羊求在近鄰。南朝足名士，吾獨愛吾眞。（同上）

首句實比今昔，仕隱乃中國士人之人生大課題也。

三、四句猶抒其餘意。三即二，四即一。

五句仍是離朝之意，六句再說卜居鄉間。

七句說古之名士，或眞或僞；八句以愛眞自明其志，亦自訕也。

全詩一以貫之，獨乏寫景。

一二七、同題之四

事國嘗陳力，明農晚乞骸。擊鮮兒勿費，執醬老難偕。僅可從沮溺，安能忘賜回？幾曾識奇字，門外客休來。（同上）

首二句仍說己之仕與隱。

三、四句陳述鄉居生活之儉樸。

五、六句仍說從隱者不能從賢聖。

七、八句自謙才學短絀，世人不必如對揚雄，登門請教奇字異學矣。

退隱人心聲，聲聲如磐。

一二八、同題之五

小築三家聚，新葛萬戶春。昔豪幾腐腸，今病罕沾脣。太
古華胥氏，豐年畏壘人。超然市朝外，未易葛天民。（同上，
頁 1427～1428）

首二句寫鄉居，由小到大。

三句謂昔豪飲傷身，四句說今已病身，戒酒。

五六句一用華胥氏之國，一用畏壘山之民。畏壘山一說在魯，一
說在梁州。出自《莊子・庚桑楚》：「有庚桑楚者，偏得老聃之道，以
北居畏壘之山。」用以比喻逍遙隱逸之士。

七、八復用葛天氏之民自喻。

二句寫景，二句寫生活，四句明志。

一二九、同題之六

疇昔元疏懶，如今轉耄荒。都忘《高士傳》，僅記庶人章。
棲畝牛羊飽，開閑雀鼠忙。老農識慚愧，先議道官倉。（同
上）

首二句寫自己的性情，昔疏懶今老懶，其中自不免有自謙、自嘲
的成分。

三、四句謂遠離名利，安於平民生活。

五六句寫鄉居生活之悠閒，以四動物為喻，半寫實半象徵。

末二句似涉繳稅完糧之事，是透現美中不足之一隅。

全詩生活重于風景。

一三〇、同題之七

　　小榭無丹臒，低牆略翳茨。辛勤趨稼事，快活過花時。懶
　　獻嘉禾頌，閑賡滯穗詩。幸生太平世，不樂復何爲？（同
　　上）

首句寫無：丹臒，辰砂之類，每出自仙山，道教之物。

次句寫有：低牆茅茨。

三、四句寫耕耘及賞花，是鄉居生活之代表。

五句謂不復歌功頌德，六句謂凡詩皆有關農事。

七、八句却又頌明時了。不過仍以表明人生情態爲主。

一三一、同題之八

　　淺甽須穿浚，荒畦要糞除。何嘗舍未出？亦或帶經鋤。古
　　有神農學，今傳氾勝書。野儒曾涉獵，未可議空疏。（同上）

首句寫灌溉，次句說施糞除草。

三、四句合寫耕種。「帶經（書）鋤（地）」，甚有意趣。我欲稱
克莊爲「儒農」。

神農之學，農事之學也；氾勝之書，務農家之書也。

七八句繼紹五六句，謂他之務農，並非盲動，有學有樣，不得謂
之外行或客串也。

此詩可補上一首之不足。

一三二、同題之九

　　比屋籌車滿，深林鼓笛喧。簇花迎婦擔，拋果浴兒盆。古
　　禮曾求野，先民或灌園。子孫記吾語，切勿羨華軒。（卷26，
　　頁1429，下同）

首句謂家中堆滿盛物籠車，次句寫近處森林中之鼓笛聲，視、聽
交錯。

三、四句寫妻兒佳姿，以花果伴之襯之。

五句用《論語》「禮失而求諸野」之語，頗切時景。

六句彷彿孔子自述嘗爲圃之變化。

七、八句教誨子孫勿慕榮華，安守本分。

好一篇老農自傳！

一三三、同題之十

凋邑租符緊，荒祠木偶新。吏談長官健，巫託社公嗔。烹犬看承客，吹螺降送神。二豪懷肉返，去誑別村人。（同上）

此詩全寫村中祭祀之情狀。

首二句寫荒邑僻祠。

三句寫吏之善談，四句抒巫之愚民。

五句食狗肉，六句吹螺蛽，頃刻已至送神之時。

七句「二豪」，應指祭祀時之助手，八句明說彼等所爲，是誑人之舉，與四句密密相應。

一三四、陪宋侯趙倅過倉部弟家園賓主有詩次韵二首之二

偶陪小隊謝池行，雲澹風輕雨未成。夢草詩情全老退，見花病眼尚分明。即今樵笛村童和，當日金蓮院吏迎。得向騷壇分半席，絕勝一品與三旌。（卷 27，頁 1482）

此詩作于寶祐六年（1258 年）。

宋侯，即宋遇；趙倅，即趙與灦。倉部弟，堂弟希謙也，叔父起元之子。

首二句破題，次句寫當日氣候。

三句寫已乏詩情，四句謂尚有閒情。

五六句可視作倒裝句：先是昔日爲官，有眾吏相迎侍，後是今日在鄉，村童吹笛與樵和。

七句自許詩壇有名望，八句明謂詩人勝官宦。

隱者即詩人，詩人即老翁。後半拋開眾人，獨唱獨抒。

一三五、延平湯使君惠雙溪樓記跋以小詩

吾評此記前無古，歷歷溪山在目中。潦後數椽誰樸斷，雲
間千紫忽青紅。比滁亭筆尤高簡，與洛橋碑角長雄。父老
皆云侯苦節，咄嗟幻出化人宮。（卷27，頁1484）

此詩亦作于1258年。

湯使君即湯漢，知南劍軍州事。福建延平府城外劍津上有雙溪
閣，即雙溪樓，記爲湯漢所作。

首句譽湯文，次句概述記之內容。

三句寫椽斷，四句寫虹彩。

五句謂其文筆可比歐陽修，六句另以落橋碑相比，按洛橋在洛陽
縣，祖詠等有詩詠之。

七句讚湯氏節操，八句復詠此記之奇妙。

一半詠記，一半寫景，兼及其人。

一三六、登單于台

五葉英雄主，長驅等拉摧。單于先退舍，天子自登台。鳴
鏑經營遠，乘輿警蹕來。穹廬空漠遁，黃屋半天開。雁塞
三更月，龍廷一炬灰。公卿爭上壽，扈從醉莘回。（卷28，
頁1522）

此詩亦作於1258年。

漢武帝元封元年冬十月，帝親帥師，行自雲陽，北歷上郡、西河、
五原，出長城，北登單于台，至朔方。臨北河，勒兵十八萬騎，旌旗
徑千餘里，威振匈奴。

此詩即以單于台爲題而實詠此事。

首句五葉即五葉芝，以此喻天子。此二句謂武帝乃英主，出兵橫
掃匈奴。

三、四句承之，明示「單于」、「天子」，且寫出單于台主體來。

五六句續承一、二句，喻其聲勢之盛。

七八句謂單于遁逃，天子駕臨。

九、十句以「三更月」寫背景，以「一矩灰」喻大勝仗。

末二句頌帝之功。

此詩未正面描寫單于台，而其架勢可以想見。

一三七、田舍二首之一

　　雨逗餘寒晚露濃，絮衣著破索重縫。清狂昔作帶花監，衰病
　　今為賣菜傭。負耒耦耕沮（疑當作祖）桀溺，操盂三祝棄句
　　龍。暮年飽識西疇事，學稼應來問老農。（卷30，頁1607）

此詩作于開慶元年（1259年）。

首句寫田舍週遭及氣候，次句抒己，貧而不寒。

三句用《宋史・禮志》所載之事典：大觀三年春秋宴，群臣賜花，閣門催班，群臣戴花北向立，皇帝詣集英，百官謝花。後村曾為秘書監，故自稱帶花監，其詞〈水龍吟〉中亦有「戴花老監」一語。

四句自稱「賣菜傭」更逗人，更有趣，然亦不離乎真實。

三句效古隱，四句示真隱。商湯承堯舜禪代之後，順天應人，逆取順守，而有慚德，故革命創制，改正易服，變置社稷，而後世無及句龍者。句龍，共工氏之子，為后土。

七句自許甚得意，八句活用孔子學稼問老農之語。

先言戴花監，次言賣菜傭，末言老農，其自得自詡之情，了然可見。

一三八、同題之二

　　白布衫寬烏角巾，誰知曾扈屬車塵。行婆內翰共鄰曲，田
　　父拾遺相主賓。設首蓿盤殊菲薄，沽茅柴酒半漓淳。直令
　　爵齒如荀爽，晚節依然愧逸民。（卷30，頁1608）

首句寫鄉居衣著，示知隱于田園之風貌。次句述昔。

三、四句以內翰、拾遺自稱，以行婆、田父代表所有的鄉居。

五、六句又用一三一二句式，拗口而淳厚。

荀爽字慈明，淑之子，《世說新語・德行》載其父子事。董卓輔

政，召拜司空，欲與王允等謀卓，以病卒，年六十三。

七句自謂壽已勝爽，八句謙稱德不如古之逸民。二句似離實合。

一首得意一首謙虛。

一三九、寄題竹溪平遠軒

小米含毫野處名，略安欄檻不施扃。原田足雨陂塘白，天
海無雲島嶼青。鄰叟扶犁耕赤滷，行人休樹濯清泠。何時
去作軒中客？併欲傳公《道德經》。（竹溪新注是書。）（卷
30，頁 1612）

此詩亦作于 1259 年。

竹溪平遠軒：竹溪，林希逸號，他的〈題平遠軒〉詩有云：「伊
昔營此窗，眼前頗有趣。……新來改作之，好景欣再過。」應在莆田。

首句謂米友仁曾寫野店之所，次句謂此軒格局似米氏所擬。

三、四句寫景入神，對仗亦工巧。

五、六句寫人入景。

七、八句懷念竹溪，八句《道德經》其實是《莊子》之訛。林希
逸有《莊子口義》十卷，今尚存。

寫軒築，寫邊景，寫居人，寫主人，四聯井然有序。

一四○、壬戌首春十九日鎖宿玉堂四絕之一

無情蓮炬剪將殘，有樣葫蘆畫不難。盡笑翰林麻草拙，確
知老子布衾寒？（卷 32，頁 1729）

此詩作于景定三年（1262 年）春。

首句謂夜已深，次句不詳其義，或指描寫字帖，或指吟詩仿古？

三句自嘲昔日作公文書之拙，四句自憐今日清貧。

唯首句略見玉堂踪影，後三句或切「鎖宿」之題旨。

一四一、同題之二

十年前已卜蒐裘，老戀君軒不自由。衰颯禿翁垂八十，四
更燭下作蠅頭。（同上）

菟裘，魯國邑名，在泰山梁父縣南，魯隱公曾隱此，後世指謂隱居之處。首句以此自陳。

次句謂今住在君之軒（玉堂）反覺不自在。「玉堂」固非淵明之東窗也。

三句自稱八十老翁，其實是年克莊才七十六歲。古人喜在年齡上誇大，固非克莊一人如此。

四句謂燭下寫小楷，上應前首的第一、二句。

此詩與前詩詩旨同一，但寫法不同。

一四二、同題之三

秀師罪我當犂舌，賀母嗔兒欲吐心。老去未償文字債，始
知前世業緣深。（卷32，頁 1730）

秀師指六祖神秀禪師。李賀母嘗謂：「是兒要當嘔出心乃已爾。」疼惜賀兒日夕苦吟也。

首二句用二典謂己文字積習難改，災梨禍棗，或當下犂舌地獄。詩人每以此自謔，其實仍不失為自詡之語。

三、四句乃前二句之餘波，末句上應首句，天衣無縫。

一四三、同題之四

搯胃搜腸極苦辛，先賢曾歎費精神。瓣香重發來生願，世
世無為識字人。（同上）

此詩詩旨亦近於前首。

首句猶唐人盧延讓撚鬚搜句，次句應王安石「可憐無補費精神」之語。

三句假擬來生。

四句說明主旨：不識字，便不寫詩，便無煩惱，亦不必辛苦。

此詩可看作正面語，亦可視為反面話。

玉堂不見如見。

一四四、寄題上饒方氏野堂

> 尊君曾索野堂吟，忽忽歸舟忘至今。舊有四廬無偃仰，新
> 移花木已幽深。遠書來責訂金諾，拙詠聊酬掛劍心。行盡
> 四方垂八十，始知朝市愧山林。（卷32，頁1752）

此詩亦作于1262年。

上饒方氏野堂，不可考。克莊曾赴信州視獄，故與若干上饒人士
相識。

首二句述緣起。

三句寫擁田廬之自在，四句描當地花木幽深。

五、六句仍承一、二，表還願之心。

七、八句泛詠山林野堂之趣，之身價，天下朝市愧不如也。

景物只寫了二句，實嫌不足。

一四五、西齋

> 西齋殘月上窗扉，猶記挑燈共撚髭。欲見阿連惟有夢，老
> 人無夢亦無詩。（卷33，頁1769）

此詩作于景定四年（1263年）。莆田家居時。

西齋應指克莊家居時之書齋。

殘月上窗扉，是家居最好的寫照。

二句應指近日病故之季弟克永，曾在此撚髭清談或吟詩。

三句用謝惠連典，彼乃靈運族弟，靈運以爲他才華絕倫，嘗在夢
中與之吟詩。

四句對比自己，老而不夢，且無詩。慚愧遺憾之情，了然如見。

一句寫景，三句抒情。

一四六、錦湖新亭告成，宸翰大書水村二字以落之。二詩輒附賀客之後之一

> 暫辭玉笋眷猶濃，朝野皆知不世逢。賀老曾求湖一曲，希
> 夷亦乞華三峰。鳳銜奎墨飛華扁，虎拜貐稜拆御封。帝以

此翁深易學，除官一似鄭司農。（卷34，頁1825）

此詩作于景定五年（1264年）。

錦湖新亭：林光世爲少司農，作堂三間于莆田城南之水亭村山上，皇上（理宗）賜奎畫，作水村二字以贈。

首句謂林光世辭官返鄉，而聖眷猶濃，次句增益其勢。

三句、四句謂前人曾因隱求地——或湖或山。光世亦如其例。

五、六句仍言御製鳳匾，略有合掌之嫌。

七、八句猶其餘波。

未細寫湖景亭姿，是此詩一憾。

一四七、題高端禮竹屋

植物惟竹尤清剛，高君占斷作屋塲。首陽二子艴然怒，奈何千載侵了疆。七賢六逸接踵起，紛紛聚訟如堵墻。士師狐疑不能決，後村老子來平章。世間物以少爲貴，姚花禹栢蜀海棠。籜龍子孫異於是，布滿天地并四方。幽棲自是渠高興，勝踐不與君相妨。立談虞芮各冰釋，高君奄有千箇簹。設榻中央墻四旁，莫遣俗客升吾堂。（卷36，頁1916）

此詩爲咸淳元年（1265年）致仕居家時所作。

高端禮竹屋，不詳。高觀國有《竹屋癡語》一卷，不知是否同一人。

首二句破題頗爲周延。「清剛」二字，由物及人。

三到六句謂伯夷、叔齊以下，賢者不絕如縷，然亦不免見仁見智，聚訟紛紜。

七、八兩句後村以解人自居。

九、十兩句謂世間萬物，以稀爲貴，如牡丹、松柏、海棠等，皆一時一地之俊秀。

十一、二句又逸出主角－竹，布滿天地，四方皆見，似乎不是罕見物。

十三、四句謂高君竹屋，幽棲自得，不與世人相妨。

十五句用《史記・周本紀》典：「西伯陰行善，諸侯皆來決平。於是虞（河東太陽縣）、芮（馮翊臨晉縣）之人，有獄不能決，乃如周。入界，耕者皆讓畔，民俗皆讓長，虞芮之人未見西伯，皆慚，相謂曰：『吾所爭，周人所恥，何往爲？只取辱耳。』遂還，俱讓而去。」

十六句實寫本題，迴映前文。二句謂此處風味，如周文王之不言而化人。

末二句由上四句引申而來，雅地雅竹雅主雅客，至此十分完滿矣。

一四八、寄題徐侯雨山堂

竹溪來索後村吟，讀記披圖已醒心。豈是汨淵行雨懶，亦非避地入山深。喜看素瀑飛青壁，不管蒼苔臥綠沉。西北城高刁斗急，將軍未可問山林。（卷36，頁1917）

此詩亦作于1265年。

徐侯汝乙雨山堂：徐字伯東，衢州人，經林希逸介紹，與後村相交。

首二句記希逸介紹汝乙作品請他吟題，次句即說讀徐氏詩文圖之感受。

三、四句謂徐氏住山中並非避世。

五、六句寫景：瀑布、山壁、青苔。

七、八句鼓勵徐氏出山問世事。以「將軍」稱之，是因爲徐氏曾任職軍中（後四年他又任淮西馬步軍副總管兼制置安撫兩司計議官）。

此詩七縱八橫，然亦不外人、詩、堂景。

一四九、田舍一首

貧漢殉財夸死權，世間廉退者差賢。高門炙手今羅雀，癈冢枯骸皆珥蟬。薄糝藜羹詑雷腹，旋蒙絮帽暖霜顛。時人莫笑儂寒儉，自古臞儒近列仙。（卷38，頁2017）

此詩亦作于1265年。

首句謂「貧漢」－寫劣漢也－愛財愛權終不免一死。

次句說廉者隱者乃賢人。兩句意對詞不對。

三句謂富貴不能久常，四句謂人生原本短暫。兩句對仗工巧。

五句謂貧于食，六句謂儉于衣。「誑雷腹」三字充滿諧趣，令人忍俊不住。

七句一抑，實引接前面二句。

八句一揚，自詡清貧近仙。

全詩未抒寫田園風光，却寫出田家生活及後村個人的人生哲學。

一五○、寢室二絕之一

> 眾已呀嚏猶待月，身堪扶策便尋春。漏名牛黨贊皇黨，尚有蒙人苦縣人。（卷39，頁2106，下同）

此詩作于咸淳二年（1266年）。

首句寫眾人入夢時，己猶不眠，待月齋中。

次句寫白日扶杖出外尋訪春色。

三句謂置身政黨爭持之外，四句說上友老子莊子。

寫身處寢室中的生活及感想，未描述寢室本身的建築及擺設。

後村晚年生涯，讀此一絕，可知梗概。

一五一、同題之二

> 倦投枕上如蠶老，飛入花間與蝶同。可惜無人勸蒙叟，百年莫出大槐宮。（同上）

首二句俏麗明暢。

蠶臥蝶飛，盡了一日十二時辰。次句「飛入花間」，雖屬夸飾之筆，却神采風流，使人只覺晚年之後村，酷似花甲之放翁。

大槐本出《莊子·外物》：「陰陽錯行，則天地大絯，於是乎有雷有霆，水中有火，乃焚大槐。」水中有火，謂電，雷電交加，乃焚毀大槐樹。唐人淳于棼宅南有古槐，一日醉臥，夢二紫衣人曰：「槐安國王奉邀。」指古槐而入，王配以金枝公主，曰：「南柯郡不理，屈卿爲守。」於是貴幸，榮感無比，凡二十二年。待寤，身依然臥塌，

日未墜西垣。後有李公佐〈南柯太守傳〉之作，乃據此陳翰〈大槐官記〉。此處合用二典，意謂莊子高士也，切勿誤入南柯之國。

　　二句蝶，三句莊子，亦爲聯想及之。

　　三、四句竟自比莊子且似幻思己更高之。

一五二、碧溪草堂六言二首

　　　　雖無百官宗廟，薄有先人田廬。子云飯疏飲水，通也彈琴
　　　　著書。（卷42，頁2216）

　　此詩作于咸淳四年（1268年）。

　　碧溪草堂，在莆田縣。碧溪，接湘溪水，經荻蘆溪入海。在溪下流十里許，上有仙人巖，巖上長野橘，人得一橘必登第云。其溪東草堂，爲鄭厚卿讀書處。

　　首二句開宗明義，示知此係祖產。

　　三句用《論語》「雖疏食菜羹瓜祭必齊如也。」「飯疏食飲水，曲肱而枕之，樂亦在其中矣。」謂生活平凡而知足。

　　四句補前句，加上彈琴、著書，則更滿足矣。

　　全詩寫暮年生涯。此草堂猶老杜蜀中居也。

一五三、同題之二

　　　　素隱非君子志，獨樂豈賢者心？邀陶陸投蓮社，放山王入
　　　　竹林。（同上，頁2217）

　　首二句蓋由反面立說，亦正亦反。有隱而求侶之意。

　　三、四句再正面說：陶淵明、陸修靜，均在白蓮社一二三人之譜中。山濤、王戎乃竹林七賢中的兩位。求侶於朝，不如求友侔於野。

　　未描堂景，却如見堂。

一五四、聽雨樓

　　　　共極堂中聽雨樓，誰知華扁有源流。追攀應物并和仲，友
　　　　愛全眞與子由。老監情尤鍾冢嗣，放翁語亦本前修。文忠
　　　　百世之標準，更向韋蘇以上求。（卷43，頁2249，下同）

此詩作于咸淳四年（1268 年），下首同。

此詩爲和眞德秀孫紹祖題新居之作。

共極堂，眞德秀作：其〈共極堂記〉云：「粵山之居故無堂，歲單闕始作堂南鄉，又封爲小堂，命之曰共極焉。夜氣澄澈，乾文爛然，緬瞻辰極，若在咫尺。則整襟肅容而再拜曰：『此吾先聖所謂居其所而眾星拱之者也。』」

克莊集卷 168 有〈西山眞文忠公行狀〉云：「自長沙歸，始得粵山新居。又越數年，廳廊乃具。學易齋、共極堂，俱卑樸無華飾。」

聽雨樓亦其中之一樓。

次句指華佗、扁鵲有淵源。似喻眞紹祖與西山有祖孫淵源。

「追攀」句，指韋應物、蘇軾、張守、蘇軾四人。軾一字和仲，守字全眞。

五句謂紹祖爲父、祖所鍾愛，六句謂「聽雨樓」之「聽雨」固原本放翁詩意，其實「聽雨」一詞，古人早已用過，但無妨其雅。

七、八句讚眞西山之雅正，可向韋應物、蘇軾等求其典範。

全詩用多典以襯托堂之雅、主人之雅。

一五五、格軒

招鶴山空衿佩散，至今復以格名軒。禮詩學巳先傳子，性理書猶密付孫。程氏必須通一件，申公云不在多言。侯芭老去頭如雪，曾受吾師罔極恩。

招鶴，眞德秀有〈送蕭道士序〉一文：「今年憊臥於招鶴之草堂。」又〈舞鶴亭歌〉云：「舞鶴亭，空亭無鶴胡爲名？亦如西山賦招鶴，無鶴可招也不惡。何必玄裳縞袖，二八眞娉婷，想像標致便足。」後招鶴亭改名爲格軒。

首二句謂招鶴山亭風流雲散且改名。

三、四句說西山兩種家學各有傳人：一子一孫。

五、六句以古人之例相喻。

七、八句以侯芭自喻，蓋西山爲克莊恩師也。

侯芭，漢人，鉅鹿人，常從揚雄居，受其《太玄》、《法言》。雄年七十一，天鳳五年卒，侯芭爲之起墳，守喪三年。

全詩既詠軒之淵源，又及西山及其子孫，末述己之懷恩心地。

一五六、田舍二首之一

源裏人家太古時，爭爲鷄黍款漁師。下山莫向城中說，第一休教太守知。（卷44，頁2307，下同）

此詩作于咸淳四年（1268年）。

此詩由首句「人家太古時」起興，全用陶淵明〈桃花源記〉典實，而歸之於莫令太守知，以免徒增困擾，是半正用半反用。

以一典成一詩，卻又不失寫實，亦奇筆也。

一五七、同題之二

桀溺長沮振古豪，不能歷聘遂深逃。獾郎一肚皮《周禮》，浪說求田意最高。（同上）

獾郎，王荊公生時，有獾入其室，俄失所在，故小字獾郎，見邵博《聞見後錄》卷三十。

首二句寫古代二位高士桀溺、長沮；孔子亦嘗稱之，「深逃」二字別有意致。

三句用王安石典，他一肚皮詩書禮春秋，卻也口口聲聲說隱居最好－不過他晚年也眞做到了。

用二隱一仕二大典型，描述求田隱居之高，之好。

全詩藉自己田舍說自己雅志，卻又借助于古人。

一五八、牆西一首

只留一影伴山房，坐待牆西隙月光。鶴忽歸東尋舊里，燕猶相對語斜陽。雖無傳附青雲顯，賴有書消白日長。萬一載醪人問字，爲言儂僅識偏旁。（卷45，頁2331）

此詩亦 1268 年家居時所作。

首句留一影伴山房，似孤獨實瀟灑。

次句更雅逸。

三四句以鶴、燕兩個富有詩意及傳統意識的動物爲喻，爲烘托，以見境清心閒。

五句謂遠富貴，六句說親書卷。

末二句謂不暇教人，八句尤自謙之至，亦幽默俏皮之至。

一切放下，便是詩境。

一五九、蝶庵一首

萬里求師腳力頑，可憐無藥駐童顏。遊梁曾在鄒枚右，反魯安能季孟間？但見堆金守郿塢，未聞全璧出函關。堯如天大逃焉往，莫費巢由自買山。（《世說》云：「未聞巢由買山而隱。」按見〈排調〉。）（卷 46，頁 2383）

此詩亦作于 1628 年。

蝶庵，應爲克莊居室之一，取莊生化蝶之典而命名。

首句寫己身求師求賢之忱，次句詠老。

三、四句泛述與賢者爲伍，與首句相應。

五六句謂世人但知追求富貴，却不能如老子全身而出關。

七八句嘆天子朝廷（封建勢力）權勢之大，巢父、許由欲高隱亦甚難。

此詩正面吟己之志，反面嘆自由之難。

可惜未能切題照應「蝶庵」二字。

一六〇、題達卿侄別墅

吾門不幸去華亡，賴有高才出雁行。自擬退之稱稍點，孰云白也是陽狂？表阡鶴許儂歸老，飲硯虹爲汝發祥。它日雛鶯燎黃誥，分墻應許及聯牆。（卷 47，頁 2418）

此詩亦作于 1268 年。

達卿侄，乃劉克剛二子求志。

首句去年亡者，指求志之兄質甫。

次句指達卿本人。

三、四句描述其人既聰明又有狂態。

五六句謂侄辭官歸隱，築室呈祥。

七、八句乃對其未來祝福之辭。

全詩未正面寫景，但或用典或作譬，其中有若干景物：雁行、鶴、虹、鸞、牆等。

以上一百六十首，包括亭台田園宅舍，吟詠甚泛，有以下六個特色：

一、敷色濃淡適中。

二、抒情略多于寫景。

三、言志之作頗多，多依附亭台住宅。

四、往往因景及人，或及于往事。

五、用喻少于用典，然罕用僻典。

六、時露歸隱田園之趣。

總而言之，各詩多屬中品。

第四章　寺廟道觀

一、小寺

　　　小寺無蹊徑，行時認蘚痕。犬寒鳴豹似，僧老瘦於猿。澗
　　水來旋磨，山童出閉門。城中梅未見，已有數株繁。（卷一，
　　頁10）

　　此詩約作于開禧年間（1207～1208年）

　　首二句寫寺之僻，却頗生動。

　　三句寫犬，四句狀僧，後句尤令人忍俊不住。

　　五句寫寺前之澗水，「旋磨」二字生新，五句平實，却有畫意。
映襯三四。

　　七句以城中之無梅反襯寺邊之梅景。

　　稀稀落落數筆，小寺之風姿如見。

二、夜過瑞香庵作

　　　夜深捫絕頂，童子旋開扉。問客來何暮，云僧去未歸。山
　　空聞瀑瀉，林黑見螢飛。此境唯予愛，他人到想稀。（同上，
　　頁12）

　　此詩亦作于開禧年間。

　　首句說明寺庵之地點，次句寫探訪之情形。

　　三、四句省略主語「童子」，問答自然，實爲流水對。

五、六句寫瀑寫螢，以山空、林黑之大背景作陪襯，效果卓然。

七、八示愛慕之忱，以「他人」為反托。

瑞香庵在莆田，不知是否即「瑞像庵」－在縣南鳳凰山下靈巖廣化寺院內。

三、幽居寺

相傳有儒者，唐季隱茲峯。電已收遺稿，雲方鎖暮鐘。木碑無世次，石洞斷人蹤。此士何曾死？林深不可逢。（卷一，頁 17，下同）

此詩亦作于開禧年間。

首二句述此寺淵源。按此寺乃浙江東部名寺。

三、四句連用二喻，三句奇，四句雅。「收」、「鎖」二動詞均不愧為詩眼。

五、六句寫碑寫洞，均自然明朗。

七、八句似謂此寺之唐儒者至今未死，唯林深不見而已。此當為幻想之辭，以見寺之幽雅也。

四、天目寺

來人云虎出，留此到昏鐘。寺小於諸剎，山高似眾峰。未寒先得雪，已夏尚如冬。老子曾游浙，微微有辨鋒。

天目峯在餘杭縣，唐人作僧舍於其下，號天目寺，為邑里信人之所依。

首二句鐘聲平常，虎出不尋常，相配成詩，自有別趣在焉。

三句寫寺之小，四句寫山之高，相映成畫。

五句六句並寫其高寒。

七句自稱「老子」，意謂己有識高山名寺之眼光。

八句寫盡寺姿。

五、鐵塔寺

細認苔間字，方知鑄塔時。不因兵廢壞，似有物扶持。古
殿人開少，深窗日上遲。僧言明受事，相對各攢眉。（卷一，
頁21）

此詩或作于嘉定初。

鐵塔寺在建康城內西北冶城後崗上。宋泰始中邦人捨地建精舍，
號延祚寺。至唐有靈智禪師，生無雙目，號羅睺和尚，經論文字，悉
能明了，時人稱有天眼，為建塔于寺內。佛殿前有鐵塔二座，有鐘，
亦唐時所鑄。

明受事：宋高宗建炎三年三月，御營統制官苗傅、劉正彥作亂，
脅迫高宗退位，皇子魏國公攝政，隆祐太后聽政，改元明受。四月亂
平，高宗復位。

首二句辨塔之歷史。

三、四句謂塔尚完好，似有神祐。

五、六句寫殿塔之實況，五句平實，六句優美。

七、八句憶史事興慨歎，而遊人與僧之面目如見。

步步為營，給人完整的印象。

六、雪峰寺

七里深林集暮鴉，插空金碧被林遮。華堂何止容千衲，菜
地猶堪置萬家。虎去有靈知伏弩，僧來敘舊約分茶。世人
要識峰頭冷，六月重綿坐結跏。（卷一，頁41）

此詩亦作于嘉定年間。

雲峯寺，在福州府侯官縣西百餘里，唐建中初建，真覺禪師由吳
楚歸閩，居芙蓉山石室，其徒蝟集。於是得象骨峰，誅茅為庵。一日
登嶺遇雪，留宿其上，因名雪峰。

首二句寫寺姿甚妙，一群暮鴉足以生色。

三、四句極言其裏外之寬廣。

五句寫另一種動物－虎，六句記僧奉茶。

末二句以六月穿厚綿衣坐禪喻山寺之寒冷，迴應寺名及其典實。寬、密、寒三字一以貫之。

七、蓋竹廟

> 借榻叢祠日已曛，辦香頻此謁靈君。儻來夢事休重卜，向
> 去詩材進幾分。明主不須人諫獵，故山空使客移文。寄書
> 報與荊妻說，十襲荷衣莫要焚。（卷一，頁42）

本詩亦作于嘉定年間。

蓋竹廟在建陽縣興賢下里蓋竹，又稱威懷廟。其神姓陳，名渼，曾為邑錄事，以直方清幹為己任。子三人，俱以行義見稱。唐貞元中父子以讒同時遇害，投於溪中，溯流而上數十里，邑人收而埋之，為立廟以祀。

首二句寫來此祭悼之情形。

三、四句謂夢中事不可重卜，可為吟詩也。

五、六句用古代君王喜獵誤國事，故臣子諫之之典，又用孔稚珪〈北山移文〉典，謂若有明主，不會有含冤之臣；故山移居，祈亡靈安舒。

七、八句謂荷衣宜什襲珍藏，以此永念亡魂。〈離騷〉：「製芰荷以為衣兮，集芙蓉以為裳。」

抒情懷古，寫景戔戔。

八、晉元帝廟

> 元帝新祠西郭外，野人弔古獨來游。陰陰畫壁開冠劍，寂
> 寂絲窠上檠疏。勢比龍盤猶在眼，事隨鴻去不迴頭。葉碑
> 廊下無人看，欲去摩挲又少留。（卷一，頁48）

此詩亦作于嘉定年間。

晉元帝廟在建康城內西北卞將軍廟側。唐天祐二年置，宋景德四年重修，後移嘉瑞坊城隍廟東廡。嘉定五年黃度作新廟于石頭東兩廡，設禮樂群英三十六像。

首二句寫廟之地址及己之遊弔。

三句寫廟中壁畫，四句寫廟主衣著等。

五句譽其尊貴，六句說往事已遠。對仗生動。

七、八句狀留連不忍去之模樣，但亦寫出廟之清寂少人踪。

九、清涼寺

塔廟當年甲一方，千層金碧萬緇郎。開山佛已成胡鬼，住
院僧猶說李王。遺像有塵龕壞壁，斷碑無首立斜陽。惟應
駐馬坡頭月，曾見金輿夜納涼。（卷一，頁48）

此詩亦作于嘉定五年（1212年）之後。

清涼寺在石頭城，在建康城外一里，全名為清涼廣惠禪寺，五代
吳順義中徐溫建，為興教寺，南唐昇元初改為石城清涼大道場，宋太
平天國五年改今額。

首句誇廟，二句寫廟之昔貌及和尚眾多。「甲一方」、「千層金碧」、
「萬緇郎」，不對而似對。

此山之開山僧已無考，成胡鬼，謔語也。李王，即徐溫，乃南唐
前主李昇之養父。

五、六句描寫當時之廟貌，由像到龕到碑，而以斜陽陪襯其衰壞
之態。惜乎後三字對仗不工。

七、八句以今昔對比再表哀惜之情。七句之「月」恰與六句之「斜
陽」前後呼應。

此詩半寫景半抒情，參差有致。

十、臨溪寺二首之一

綠染庭蕪一尺深，老師閱世幾駒陰？自言不看《傳燈》了，
只讀《楞嚴》見佛心。（卷一，頁61）

此詩作于嘉定六年（1213年）以後。

寺在績溪縣南十里之臨溪市，范成大所建。

首句寫寺庭，次句寫老僧，駒陰者，光陰如白駒過隙之濃縮也。

《傳燈》：北宋道原著《景德傳燈錄》三十卷，歷叙禪宗傳世法系五十二世，一千七百○一人語錄偈頌詩歌等。《楞嚴經》，佛教密宗典籍，十卷，唐般剌密帝譯。另有《首楞嚴三昧經》二卷，後秦鳩摩羅什譯。

三句不修禪，四句仍頌佛，直見佛心。

後二句應爲實述。

首句「綠染」，末句佛心，不應而應。

十一、同題之二

一徑松花颭紫苔，東風落盡佛前梅。道人深遠禪關坐，莫聽鶯聲出定來。（同上）

首句寫松花紫苔，苔而色紫，甚爲生新。

二句落梅，却參入東風及佛像。此上兩句寫景繁富而生動。

三句寫和尚，四句半謔而雅。聽鶯聲則心不死寂，與前之松花、落梅相映照。

十二、題寺壁二首之一

柏子熏衣眉暈銷，女垣榆影冷蕭蕭。屏山一枕游方夢，橫錫飄然過石橋。（卷一，頁66）

此詩亦作于1213年之後。

首二句寫柏子、榆影、女牆，而「眉暈銷」與「冷蕭蕭」似成對比之景象。

三句寫在寺中臥夢，四句橫杖過石橋，似僧而非僧。

全詩寓情于景，瀟灑自在。

十三、同題之二

素練寬裁白社衣，補陀煙裏現幽姿。日長讀徹《楞伽》了，閑折柑花供祖師。（同上）

以上二詩似題豫章（今江西南昌市）某尼院。

補陀，猶言普陀。

《楞伽》，《楞伽跋多羅寶經》，劉宋求那跋陀羅譯，四卷。楞伽山原在師子國（今斯里蘭卡）西南，此經乃佛入楞伽山所說。

首句描寫寺中尼姑，次句補足之。煙裏幽姿，十分傳神。

三句讀經，四句供佛。柑花二物也，在此恍似一物。「閑」字入神。

十四、跋小寺舊題

禪几曾陪白氈巾，柑花似雪鬥芳新。而今柑子圓如彈，不見澆花供佛人。（卷一，頁 70）

此詩作于嘉定十年以後。

小寺禪几，而白氈巾似已不見，柑花猶芳新。此處是花不是柑。白白相映成趣。

三句寫柑生動，四句以無為有。

有無虛實相生。

十五、報恩寺

一抹斜陽上繚垣，芫花滿地柏陰繁。城中客子聞鐘磬，獨立空山聽斷猿。（同上，頁 71）

此詩亦作于嘉定十年以後。

首句寫景如畫，次句續補之。陽光、垣牆、芫花、柏陰，互補互生。

三句寫人，「城中」者，由城中來也，聞鐘磬而感動。

四句斷猿，謂令人斷腸之猿聲。

鐘磬加猿聲，而客在寺中空山內，立體畫也。

報恩寺在江西隆興府，新建縣樵舍鎮之左山，臨江上，其麓為報恩院，晉代建。芫花可入藥，二月開紫花，似紫荊而作穗，又似藤花而細。

十六、華嚴寺逢舊蒼頭

曾向叢林寄幅巾，十年塵涴臥雲身。侍琴童子長於竹，去
禮山僧作主人。（卷一，頁74）

此詩約作于嘉定十二年（1219年）。

華嚴寺，宋嘉祐五年建。在福臨縣埔頭，有畫錦亭、狎鷗池諸勝。
一說太平興國時所建。

此詩鎖定名寺，却寫一蒼頭，及其侍琴童子。

首二句寫蒼頭之寄跡山林，臥雲自得。

三句寫童子長於竹，略寓高雅不俗之旨。四句足成其意。「山僧」
明見而實未露首。

題中有「舊」字，暗示克莊昔曾識之。

十七、蒙恩監南嶽廟

久問嫖姚乞退閑，今朝準敕放生還。人欺解罷青油幕，帝
遣監臨紫蓋山。營卒展辭回玉帳，林僧講賀到柴關。丈夫
不辦封侯事，猶要名標處士間。（卷二，頁81）

此詩作於嘉定十二年（1219年）春，克莊自江淮幕府監南嶽廟。

五嶽廟監官在神宗熙寧三年，為武臣小使臣、文臣選人階官所授
予之祠祿官，南宋四岳已淪亡，故低級文官請祠大都授南嶽廟。

南嶽廟在衡州赤帝峰下。

首二句謂久向上司乞退，今成就夙願。

三、四句寫退監之光景：紫蓋山即紫蓋峯。

五、六句寫部卒、山僧對他的態度。此處乃稍涉南廟人事。

七、八句謂大丈夫不立功而要立名，與高士相並。

名山高士，不必寫景。

十八、空寂院

院名誰遣稱空寂，入得門來寂又空。舊有田園官戶占，別
無衣鉢老尼窮。砌傾苔色侵堂上，厨廢炊烟起草中。或說

　　　　古碑巢寇寫，棲禽不下似傷弓。（卷二，頁 111，下同。）

　　此詩亦作于 1219 年。

　　空寂院，在興化府莆田縣，府城北二里許。舊爲淨空僧院，會昌禁佛例廢，宋乾德二年改建爲尼姑庵，並改今名。

　　首句故意反說反問，次句直扣題旨。「入得門」是雙關語，入寺門，亦入空門也。

　　三句說史實，四句寫今態。官戶占固不佳，老尼窮更可憐惜。

　　五、六句純粹寫景，但砌傾苔侵（其實不是苔色侵，但加一「色」字便添些許詩意。）廚廢，無甚好景矣。

　　七句說古碑乃黃巢所寫，更添人傷感。

　　八句寫棲禽不敢下，驚惶不定，貫穿全詩氣氛。

十九、紫澤觀

　　　　修持盡是女黃冠，自小辭家學住山。簾影靜隨斜日裏，磬聲徐出落花間。祭星綠簡親書字，避客青衣密掩關。最愛粉牆堪試筆，苦無才思又空還。（卷二，同上）

　　此詩作于同年。

　　紫澤觀，在莆田縣新安里莆禧。北宋太平興國三年建。又稱紫澤洞觀。

　　首句說明此爲女道士所居之道觀。次句說這些道姑的行止。

　　三、四句一視覺一聽覺，配合天然之斜陽、落花，一幅畫景。

　　五句寫匾額上的書法。

　　六句寫尼姑們掩關避客。「青衣」遠承第一句的「黃冠」而增添視覺效果。

　　七、八兩句又見克莊詩人習性，但却自反面落筆：愛題詩粉牆，却無才思，只好空手而返。

　　此詩較前詩繁密些，末二句始放鬆。

二十、靈寶道院

　　兩行松繞垣，數箇竹當軒。山主出何處？道人知不言。只携詩草至，尚覺磬聲煩。俗奉毉仙謹，儒家亦捨幡。（卷二，頁 112）

　　此詩亦作于同年。

　　靈寶道院，應即爲靈寶觀，在福清縣南二里許。北宋紹聖二年建，宣和三年改爲靈寶道院。乾道九年丞相史浩又重修。

　　首二句一松一竹，頗能烘托出此一道觀之氣象。

　　三句發一問，四句妙答（實爲不答）。令人聯想起賈島問童子之答：「言師採藥去：只在此山中，雲深不知處。」彼俏皮此拙默。

　　五句說明我携詩來就教，六句謂不耐院中磬聲之煩人。

　　七句說明俗人信道，一爲求醫，一爲求仙。

　　八句更逼進一層，甚至儒生亦披靡從之。

　　二句寫景，六句抒情記事，甚至帶出議論。

二十一、東巖寺避暑

　　若非來寺裡，無地避炎蒸。經雨房基潤，依山井氣冰。榻
　　虛涼睡客，松濕滴歸僧。對此專宜靜，爲詩亦不應。（卷二，
　　頁 114）

　　此詩亦作于同年。

　　東巖寺，在莆田縣東北烏石山，北宋淳化元年建。有石浮屠三級，乃紹聖間建。

　　首二句破題，平實，用反說正。

　　三句寫屋，四句詠井。潤與冰之間，亦密亦疏。

　　五、六句兼寫客與僧，「涼」、「濕」都是寫實，却與上二句之「雨」、「潤」、「冰」緊緊串連。榻對松，似不切而實切。「松濕滴歸僧」尤有雅韻。

　　七句直說，八句增勢。

　　詩到靜處可以罷。

　　此詩可作爲克莊寺廟詩代表作。

二十二、方寺丞除雲台觀

> 河嶽腥羶憤未忘，羨公遙領舊靈光。草荒太白騎驢跡，雲
> 冷希夷委蛻裳。定有遺民來獻土，可無散吏去焚香。吾聞
> 西華多奇觀，不比炎州寂寞鄉。（卷二，頁 129）

此詩作于嘉定十三年（1220 年）。

方寺丞指方信孺。他是河南人，遷莆田，除通判肇慶府，後召赴
行在奏事，入對，除大理丞，後免歸，又差主管華州雲台觀。人在莆
田，故謂「遙領」。

首句說與金人戰事，次句謂方公有幸遙領雲台觀。

三、四句幻寫其地之光景，用李白、陳摶二喻。

五、六句仍設想其境：吏民之活動。

末二句總結：以奇觀對莆田之冷寂。

以虛為實，為克莊慣技之一。

二十三、瑞峰寺

> 寺在高山頂，天寒偶一登。孤僧營粥飯，諸佛闕香燈。潮
> 落洲分派，林疏塔見層。危欄宜老眼，欲去幾回憑。（卷三，
> 頁 148）

此詩亦作于 1220 年。

瑞峰寺在福州府海口城東北龍山之巔，北宋皇祐中建，有石浮屠
七級，可觀海日。

首句介紹寺的位置，次句述遊程。

三句寫僧，四句寫寺況，兩句合示一貧。

五句描潮描洲，六句寫林、塔，可謂宏微俱全。

七、八句寫愜心之情。「危欄宜老眼」尤好。

二十四、祺山院

> 昔日祺山院，今惟認土丘。有僧逃債去，無主施錢修。野
> 叟樵難禁，巖仙奕未休。何須悲幻鏡？佛比作浮漚。（卷三，
> 頁 170）

此詩作于嘉定十四年（1221 年）。

祺山院在興化縣南三十里，祺山一作棋山。

首二句破題有力。

三、四句看似寫僧寫施主，其實只寫其貧寒衰頹之狀。

五句老樵，六句老仙，一實一虛，因虛添彩。

七句忽高調，八句用《金剛經》語。

達者於衰景，亦能放開去看。

土丘、浮漚，不可分也。

二十五、西林寺

將謂如廬阜，因迁數里行。問俱無古跡，來等慕虛名。借
榻眠難熟，逢碑眼暫明。殘僧逃似鼠，難結社中盟。（卷三，
頁 171）

此詩亦作于 1221 年。

西林寺，在舊興化縣西，五代晉天福間建，又名西林院。

廬阜，即廬峰，在莆田新縣北，昔有盧姓者煉丹其上，故名。

首句或指廬峰，亦可能指廬山。次句謂以為它是名山勝景，所以
故意迂繞數里，欲盡賞其景致。

三句寫失望之情，四句自嘲自慰。

五、六句親切而如話家常。

七句寫逃僧，竟以「如鼠」為喻，更甚于前詩之「逃債」。可歎！

八句又寫失望之感。

此詩由如廬阜到難結盟，情緒一路下墜。

二十六、香山寺

佛廢何關儒者事？要知開創亦辛勤。居人公拆純欄柱，巨
室深藏舊紀文。鐘已毀樓移出寺，石猶鐫字徒為墳。吾詩
句句通陰隲，安得檀那仔細聞？（卷三，頁 176）

此詩亦作于 1221 年。

香山寺，在仙游縣南十五里，昔有人遊山，聞異香，土人或於此中得之，宛若乳香。

首句假撇清，次句正說。

三句示憾，四句倖存。

五句鐘移，六句碑徙，六句尤不堪。

三到六局一正三反。

七句自炫，八句問天。世間施主居士，幾人眞正懂詩解道？

香山寺不香，人間一憾事也。

二十七、鐵塔院

鐵塔荒涼院，年深失主名。昔游基已廢，今至屋皆成。人出私錢施，僧憑願力營。如何榆塞上？卻有未包城。（卷三，頁 205）

此詩亦作于 1221 年。

鐵塔院，應即石室院。在莆田縣城西，有鐵塔九級，爲郡人遊賞之所。

首二句破題，十字足用。

三句述昔，四句詠今。

五、六句實說一事，然分述若細。

七、八句遠放出去，以邊塞反喻即景。

此詩寫鐵塔寺，仍嫌力道不足。

二十八、華嚴知客寮

簷外蒼榕六月秋，小年來此愛深幽。壞牆螢出如漁火，古壁蜂穿似射侯。涉世昏昏忘舊語，入山歷歷記前遊。故人埋玉僧歸塔，獨聽疏鐘起暮愁。（卷四，頁 256～257）

此詩作于 1221 年。

華嚴知客寮在莆田東北烏石山，即華嚴寺，知客寮負責接待香客施捨之事。淳化元年建，有石塔三級。

首句破題，以榕輔之。

次句述遊：「深幽」二字盡之。小年自謙之辭，時克莊三十五歲。

三句描螢，四句寫蜂，二巧喻相伴。

五句誇飾，六句正說。

七句述死者安息，八句說愁，似落俗套，其實不俗。

二十九、黃櫱寺一首

> 猶記垂髫到此山，重游客鬢已凋殘。寺經水後增輪奐，僧
> 比年時減鉢單。絕壑雲興潭影黑，疏林霜下葉聲乾。平生
> 酷嗜朱翁字，細看荒碑倚石欄。（卷五，頁 278）

此詩亦作于 1221 年。

黃櫱寺，在福州府福清縣西南，瀑布數十丈，唐貞元五年建。沙門正干嘗從六祖學，既得其旨，乃辭去抵此，創院名般若台，八年於其東大闢堂宇，德宗改為建福禪寺，咸平初降太宗御書，因閣于法堂西以藏之。

首句憶舊，次句誇老，其實才三十五歲，此古文人積習也。

三句實寫，四句亦實說，略存憾意。

五、六句寫景，有聲有色，上雲下潭，遠林葉乾若有聲。

七、八句寫碑文，却說得堂堂皇皇。

此詩為克莊寫景詩之基本模式之一。

三十、白鹿寺

> 歲晚霜林葉落稠，携家來作鹿門游。偶言恍似前生說，詩
> 稿猶煩侍者收。身上征衫拋未得，山中靈藥採無由。十年
> 不獨行人老，入定高僧白盡頭。（謂長老洪公。）（卷五，
> 頁 287）

此詩作于景定十六年（1223 年）。

白鹿寺在閩縣積善里。白鹿山入十五里號榕溪，永嘉僧道洪自溫陵來，父老相與邀移今居。誅茅之日，白鹿適至，遂以名其寺，時元和四年。

首句寫時景，次句說遊程。

三句有偈，四句說詩，一為主物，一為客物。

五句謂己塵緣未了，六句繼之，入山採藥無由。

七句又說己老，八句實詠僧暮。

此詩之憾，仍在寫景太少。

三十一、勝業寺

寺創于何代？問僧皆不知。槎牙夏后柏，殘缺柳侯碑。雪過禪堂冷，冰餘嶽路危。上封猶未到，太息負心期。（卷五，頁 206）

此詩亦作于 1223 年。

勝業寺在衡山縣嶽廟前，唐建，初名彌陀台，大曆末賜號般舟道場，貞元間賜名彌陀寺，後改今名，有柳宗元〈般舟和尚第二碑〉。

廖行之有詩題「自中都歸題勝業寺古柏，柏一本九榦，甚奇古。」

首二句破題，以無為有。

三句寫柏，擬之于夏代，四句詠碑，實歸之宗元。

五、六寫冰雪之寒之危。

七、八句謂此遊未盡了心願。

此詩四句寫景，已堪稱職。

三十二、舜廟

越俗安知帝？遺祠亦至今。青山人寂寂，朱戶柏森森。雨打荒碑缺，苔封古祠深。曾聞張侍講，來此想韶音。（卷五，頁 321）

此詩亦作于 1223 年。

舜廟在桂林府臨桂縣東北廬山下。前有古松數千株，樛枝密葉，交撐互擁，圓若軒蓋，長若旌幢，彷彿有駕青虬翼翠鳳遠巡南表之狀。

首句、次句謂南人不知舜帝，徒留遺祠。

三句寫山，四句寫廟外翠柏。二疊字詞有神。

五句寫碑，六句寫青苔與古祠。

七句記張栻：有〈與曾節夫撫幹書〉云：「前日春祭，親往舜廟。廟負奇峰，唐人磨崖在石壁中，貌象甚古。」末句所謂想韶音，蓋韶為大舜之樂，以此代表對舜帝之懷思。

此詩首二略介，中四寫景，末二借古人抒情。

三十三、堯廟

> 帝與天同大，天存帝亦存。桑麻通絕徼，簫鼓出深村。水
> 至孤亭合，山居列岫尊。尚餘土階意，樵牧踐籬藩。（卷六，
> 頁 340）

此詩亦作于 1223 年，克莊家居時。

堯廟，在廣西路靜江府東北四十里（一說堯山在東北十五里），隔江與舜祠相望。高廣磅礴，延袤百里。環桂山皆石，此獨積土，天將雨則雲霧四起，農民占之，上有碧桃仙館，館前平田，曰天子，因堯以名，後訛曰天賜。廟在堯山下，四時奠饗不絕。

首兩句狀此廟之偉，扣緊帝堯身上。

三、四句寫景，聲色俱王。

五六句記山水，六句尤以山襯廟之雄奇。

七、八句泛寫樵牧之於此廟，不拘尊卑，或示親切。

此詩與上詩前後映照。

三十四、千山觀

> 西巘林巒擅一城，渺然飛觀入青冥。于湖數字題華棟，陽
> 朔千山獻畫屏。境勝小詩難寫盡，天寒薄酒易吹醒。獨游
> 不恨無人語，滿壑松聲可細聽。（卷六，347）

此詩亦作于 1223 年。

千山觀在桂林西峯，為桂林山水之冠，高爽闊達，放目萬里。晦明風雨，各有態度。群峰迴環，西湖盪漾。

首二句寫觀與山合之姿。

三句寫張孝祥有〈千山觀記〉記其觀景，四句則直陳千山如畫屏。

五句極言境勝難吟，六句以酒助興。

七句言獨遊，八句聽松自娛，其樂無比。

景情合一，此之謂也。

三十五、清惠廟

> 來訪古祠宮，迢迢過水東。一條溪不斷，數里竹方通。巫拜分餘胙，商行禱順風。妝樓空百尺，半仆夕陽中。（卷六，頁 366）

此詩亦作于 1223 年。

清惠廟在靜江府，不知所祀何神，周必大曾記之。

首二句說訪程說廟之位置。

三、四句寫溪寫竹，盡其特徵。

五、六句寫此中人——內一外，一巫一商。

七句有妝樓，莫非祀一女神。八句添興且寓感慨。

因為不知祀何神，反添神祕色彩。

三十六、玄山觀（宋之問別墅）

> 來瞻石像看唐碑，一往蒼松映碧漪。聞說宋公曾住此，寄聲過客細吟詩。（卷六，頁 368）

此詩亦作于 1223 年。

玄山觀在臨桂縣城南二里，即宋之問故宅，後名真山觀。此乃之問歿後夫人改建之為觀。

首二句活潑，一一介紹了此觀之環境及景物。

後二句乃其餘波。

此詩可謂簡約之作。

三十七、真隱寺

> 出郭斜陽已在山，夜深乘月到江干。奴敲小店牢扃戶，僧

借盧堂徑掛單。駭浪急回因膽薄，逆風小住爲心寬。投床
一枕瀟湘夢，無奈霜鐘苦喚殘。（卷六，頁393）

此詩亦作于1223年。

眞隱寺在閩縣眞隱峯。閩溪東一峯曰朝陽峯，西一峯最高曰妙高
峯，妙高之西一峰下有道士隱居，曰眞隱峰。

首二句寫遊程，由黃昏到夜深，由山邊到江干。

三句寫奴僕，四句寫僧人。

五句遇大浪，六句說逆風，膽小而回，小住心寬，對得自然。

七句做好夢，八句被鐘聲驚破，「苦喚殘」三字精彩。

此詩全寫遊程，卻插入僧與僕助興。

三十八、枕峰寺

夜深投寺解行裝，一點寒燈照上方。老宿問余何處去，年
年來此借僧床。（卷六，頁395）

此詩亦作于1223年。

枕峰寺在福州府閩縣，建隆元年建于西峽渡之南，驛道往來，候
潮之所。

首句平實寫來，次句亦平，但「照上方」便不凡。

三句老宿疑即老僧，或常宿之居士。

四句「借僧床」大有味。

妙在人問何處去，詩人卻答以年年來此。

三十九、寄題邵武死事胡將祠堂

士各全軀命，惟侯視死輕。張巡鬚盡怒，先軫面如生。短
刃猶梟冠，空拳尚背城。新祠簫鼓盛，人敬比神明。（卷九，
頁518）

此詩作于紹定元年（1228年）或二年（1229年）。

邵武死事胡將祠堂：在邵武府，又稱忠勇廟，乃祭祀南宋殿司裨
將胡斌。斌在紹定間以殿司裨將從童德興討汀寇，德興盡銳而進，留

弱卒不滿五百人，屬斌守邵武。寇俄大至，斌歷身迎戰，賊敗走，尋獲益兵四集，斌率殘兵死戰，大呼曰：「我死救百姓！」手揮雙刃，殺賊甚眾，血凝兩肘，刃折，復以鐵鞭擊賊，至蓮塘前遇害，猶執鐵鞭僵立數日，始仆。邵人賴其拒戰得奔，免者以萬計。賊退，民為殮葬，即其地祠之。事聞，賜額忠勇。

首二句把胡斌之忠勇完全托出。

三句記張巡為睢陽死守多時，城破身殉。四句憶左傳僖公三十三年先軫免冑入狄師殉晉。二人可為斌之先師。「鬚盡怒」、「面如生」極生動。五六句直寫斌之勇敢狀。

七、八句總結曰「神明」，詩旨完整。惜未寫祠堂本身。

四十、寄題沙縣死事祝將祠堂（文蔚之子）

> 淮右多良將，吾猶識祝侯。虎生能肉食，豹死有皮留。鐵漢為揮涕，冰翁與雪仇。（童僕獲賊剖心以祭）標名忠義傳，榮甚復何求。（卷九，頁519）

此詩與上詩作于同年。

祝將，祝文蔚子。南宋時蘄黃陷賊，詔趙方趨救。土豪祝文蔚橫突入陣，金人大敗。祝將為其子，死事情節，史書皆未見。

首二句破題。

三、四句以虎豹喻其父子之不朽。

五、六句寫其死事及童侯為報仇之事。

七、八句謂人已死而不朽，復何憾焉。

祝家父子精忠報國，惜事未全詳。

四十一、朱買臣廟

> 翁子平生最苦貧，晚將丹頸博朱輪。老儒五十無章綬，歸去何妨且負薪。（卷十，頁612）

此詩約作于端平元年（1234年）前後。

朱買臣廟，在嚴州壽昌縣道旁。有朱池、朱村，居人多朱姓。翁

子，買臣字。

首句說買臣採薪謀生時，以「苦貧」二字盡括之。

次句寫五十以後任官大夫，「丹頸」或應「丹心」（未說出），朱輪乃代高官。一丹一朱，中夾一動詞「博」，生新有趣。

三句自述，克莊一生仕而不貴。

四句自嘲，但正切題旨。彼年輕時苦貧，我老來且安貧。

未寫廟姿，却有意思。

四十二、徐偃王廟

> 仁暴由來各異施，秦徐至竟孰雄雌？君看驪岫今無墓，得
> 似柯山尚有祠？（卷十，頁613）

此詩與上詩作于同時。

徐偃王廟在衢州府龍遊縣西四十里徐山下。御史徐放重修，韓愈撰碑。或曰徐子章禹既執於吳，徐之公族子弟散居徐、揚二州間，即其居立先王廟。

首二句大發議論，謂仁者與暴君，各有所施，不知誰勝誰卑。秦皇與徐王，是歷史上很好的實例。

三句一轉：驪山，今陝西臨潼縣東南，有秦始皇墓，不知緣何說無墓。莫非當時有此傳說：秦墓已毀或已淹沒？

四句柯山指爛柯山，在浙江西安縣，即王質觀二童下棋斧柯旋爛之地。爛柯福地，又名景華洞天，在縣南二十里，高千尺餘，周迴十五里，其址二百步，穿空彌亘，下得平處。可數十步，因名石橋，又名石室。

此處或近于徐偃王廟。

後二句明是翻案文章：後人敬念徐偃王，忘却秦始皇。

又是未寫廟姿。

四十三、馮唐廟

當饋而今渴將材，豈無梟俊尚沈埋？不曾薦得雲中守，也
道身從省戶來。（卷十，頁 614）

此詩作于端平二年（1235 年）左右。

馮唐祖父爲趙人，父徙代，漢興徙安陵。然新安舊稱信安，並非
漢之安陵，不知何故有馮唐廟。

首二句借當今情況破題，似遠而實近。

三四句謂馮唐曾爲雲中守魏尚平反冤情，今人如我，雖未如此，
亦從宮廷中來，亦堪爲其後繼者。

是藉古人以自勵。全詩亦未寫廟貌。

四十四、宿小寺觀主僧陞座一首

靜處尤宜策睡勛，徑投禪榻炷爐熏。恰爲胡蝶春游美，忽
吼華鯨曙色分。僧袒右肩方說法，我聾左耳若無聞。平生
不作桑間戀，草草挑包下白雲。（卷 10，頁 616）

此詩亦作于 1236 年。

桑間戀，《後漢書‧襄楷傳》：「或言老子入夷狄爲浮屠，浮屠不
三宿桑下，不欲久生恩愛，精之至也。」注：「言浮屠之人寄桑下者，
不經三宿，便即移去，示無愛戀之心也。」

首二句破題：寫夜宿寺觀之景象，「策睡勛」三字尤富諧趣。

三句謂如莊周夢蝶，夢中春遊逍遙。四句謂鐘聲鳴，曙色破曉。
鐘有篆刻之文謂之華鯨。

五、六句僧說法我無聞，極爲詼諧。

七、八句學佛家不作桑間戀，灑然離去。

此詩寫景雖少，諧趣十足。

四十五、靈著祠

甘寧關羽至今傳，名將爲神自古然。生不封侯三萬戶，死
猶廟食數千年。（卷 12，頁 694）

此詩作于嘉熙三年（1239年），在赴廣州途中。

靈著寺，舊名威惠，在福州府福清縣治西隅後王山。所祀神名陳元光，唐永隆初，以鷹揚衛將軍隨父陳政戍閩，征蠻，鎮撫漳州，討賊戰歿，封王立廟。

首二句以甘寧、關羽比喻陳元光，「名將為神」四字，正是全詩宗旨。

末二句乃是發揮以上宗旨，以「三萬戶」對「數千年」，甚見筆力。

惜乎對祠貌未著一字。

四十六、韓祠三首之一

柳祠韓廟雙碑在，孔思周情萬古新。不信二公俱絕筆，別
無詩可送迎神。（卷12，頁694，下二首同）

此三詩亦作于1239年。

韓祠，在潮州。韓愈為潮州刺史八月，德澤在民，久而不磨，於是邦人祠之。北宋咸平二年陳文惠刺潮，立公祠于州治之後。元祐五年，王滌立廟于州城之南，榜曰昌黎伯廟，則以廟易祠矣。

此詩所吟者應為韓廟。

首句用柳宗元祠襯伴韓廟。次句用孔子、周公譬喻韓柳，蓋韓柳乃文學界之周孔也。

三、四句乃幽默語：謂二公雖死，九泉之下必仍能詩以送迎神明。

後二句實仍譽二公之詩文永垂不朽。

四十七、同題之二

一宵醜類徙南溟，靡待仙官敕六丁。宗閔與紳空並世，可
憐不似鱷魚靈。（同上）

首二句謂韓愈曾在潮州作送鱷魚文，一夜之間，群鱷盡南遷，不勞六丁效命。

宗閔與紳，指李宗閔、李紳，宗閔乃唐宗室，引牛僧孺為黨，與

李德裕、李紳相傾軋凡四十年。

三、四句謂世間政客如牛、李黨者，不斷互相傾軋，遠不如鱷魚之聞風遷徙，若聽賢者之勸導者。

以此彰顯韓愈之賢明。

四十八、同題之三

萊相竹今供戍卒，武侯柏亦付胡兒。南來猶有昌黎木，神物千年尚護持。（同上）

萊相竹在江陵府潛江藥師院。寇萊公（準）卒於海康，詔許歸葬。道出公安，邑人祭於道，斷竹插地以掛紙錢，竹遂不根而生。邑人立廟於側，奉祀甚謹。侍讀王樂道記其實於石。

又，武侯廟在成都府西北二里，後改名乘煙觀。杜甫詩：「丞相祠堂何處尋？錦官城外柏森森。」即指此廟。元太宗八年（宋端平三年），闊端率汪世顯等入蜀，取宋關外數州，斬蜀將曹友聞，十月入成都，武侯祠之古柏亦爲胡人付之一炬。

昌黎木，即橡木。邦人於此卜登第，其奏夕多寡，視花之繁稀有無亦如之。木在韓山昌黎祠。

首二句用以烘托昌黎。

三句以昌黎木爲主體，四句謂韓愈之神靈藉此木以護持人間眾生。

詩不甚寫景，但昌黎木即實景，竹、柏乃虛景也。

四十九、白雲庵

太行以北海豐南，我與梁公各有慚。兒五十餘親八十，何堪來宿白雲庵？（卷12，頁702）

此詩亦作于1239年。

白雲庵在惠州歸善縣東路一百十里，又四十里至海豐縣。又名白雲鋪（或爲地名）。

梁公，指狄仁傑。曾授并州都督府法曹，其親在河陽別墅，仁傑

赴并州，登太行山，南望見白雲孤飛，謂左右曰：「吾親所居在此雲下。」瞻望佇立，久之雲移乃行。

克莊時任職廣東，年五十三歲，其母崇國太夫人林氏年七十九，取整數曰五十、八十。

四句渾然一體，由白雲庵聯想到狄仁傑登山思親之事，又回顧自身，母老不能親侍，故曰「有慚」，故曰「何堪來宿白雲庵」。

全詩想像奔馳，真情流露。

不寫景而如見白雲飄拂，超越時空。

五十、叱馭庵

所立未如溫太真，詎宜跬步暫忘親？乃知峻坂驅車者，有愧高堂扇枕人。（卷12，頁703）

此詩亦作于1239年。

叱馭庵，在惠州海豐縣東，臨海背山。

溫太真，指晉人溫嶠。獨孤及〈江州刺史廳壁記〉云：「披乎圖牒，則溫太真、庾元規之車塵，若可窺焉。」

首二句謂己之事業不如溫嶠，溫且不忘親情，我又安能如此。

三、四句謂驅車於途之車伕，尚能日夕孝養父母，而仕宦千里外之官員士人，愧不如也。以此表自慚之情。

詩意可能自「叱馭」想起，應合「峻坂驅車者」。

五十一、風旛堂二首之一

告子早不動，先師四十餘。乃知盧行者，暗合秀才書。（卷12，頁716）

此二詩亦作于1239年。

風旛堂，在廣州府南海縣西北一里，乃南越趙建德故宅。吳虞翻為孫權騎都尉，以數諫爭，謫居于此，多植蘋婆訶子樹，名曰虞苑，後又稱虞翻廟。晉隆和中僧闍賓創為王園寺。唐儀鳳元年，六祖慧能祝髮樹下，因記風幡，建風幡堂。六祖姓盧，唐廣南人。

此詩四句只一義，借告子四十不動心烘托六祖慧能「是心動不是幡動」之說。

動心不動心一念之間耳。

此詩純是說理，未見寫景。

五十二、同題之二

> 夜夜各趺坐，朝朝同打齋。不知那箇子，曾夢祖師來？（同
> 上）

首句次句明異實同。「夜夜」、「朝朝」是互文，「趺坐」、「打齋」亦一義。

三、四句是詰問，亦是反諷。

入道不易，人心易動，此旨在風幡堂中尤易了悟。

五十三、羊城使者廟

> 山川殊壯麗，井邑亦繁雄。獨有羊城廟，蕭然瓦礫中。（卷
> 12，頁 717）

此詩亦作于 1239 年。

羊城使者廟，在廣州，即城隍廟。

首二句寫廣州風物城貌。

三、四句描述羊城城隍廟蕭條之狀。前二句固以反襯此兩句。

五十四、蒲澗寺

> 齊人陳跡此流傳，班史蘇詩豈必然？故老皆言家即寺，癡
> 兒誤入海求仙。莫將劉項分美鼎，來浣巢由洗耳泉。欲採
> 菖蒲無覓處，且隨簫鼓樂新年。（卷 12，頁 737）

此詩亦作于 1239 年。

蒲澗寺在廣州番禺縣城北白雲山麓，淳化元年建。相傳安期生以七月二十五日在此上升，郡人此日悉在澗中沐浴，以期霞舉成仙。

首二句指安期生白日飛昇事，並懷疑前賢所記事之眞僞。

三句謂安家即此寺，四句用徐福入海求仙事烘襯之。

五、六句謂帝王不如隱者，正面肯定安期生及其同儕同流。

七句不見可成仙之菖蒲，八句且隨眾過年。乃退一步說法。

此詩足以窺見克莊和光同塵之一面。

五十五、唐博士祠

博士位尤卑，投名入黨碑。今觀名世作，多在謫官時。太
史沅湘筆，儀曹永柳詩。新祠綿蕞爾，未盡復遺基。（卷12，
頁745）

此詩亦作于1239年。

唐博士祠，在惠州，其故居在府城南沙子步頭，即宋李氏山園。
唐博士即唐庚，字子西，張商英時薦爲提舉京畿常平，商英罷相，坐
貶惠州。庚曾爲國子博士，故稱唐博士。此祠乃克莊重建。

首二句謂子西位卑，且被列入元祐黨人碑而遭貶。

三、四句說子西，亦說許多前修之士。

五、六句舉司馬遷、柳宗元爲實例。其實杜甫、韓愈、王安石、
蘇軾莫不如此。

七、八句謙稱代建新祠，未能盡復規模。

可惜仍未正面描寫祠姿。

五十六、題汪道士雲庵

觸石才膚寸，垂天忽怒飛。道人不出戶，笑汝出還歸。（卷
16，頁933）

此詩約作于淳祐五年（1245年）。

汪道士雲庵不可考。

此詩謂汪道士雖隱居其雲庵道觀中，却能出入仙境，觸石才膚
寸，而體已高飛。因此笑俗人出而復歸，實不能得道也。

五十七、溪庵十首之一

漲水侵門堂跳蛙，偶來常是到昏鴉。宛如逆旅主人舍，誰
訪毗耶居士家？煨芋不嫌牛糞火，供茶就用鹿㘅花。老來
腳力全非昔，且可龕中坐結跏。（卷21，頁1173）

此數詩皆作于寶祐二年（1254年）。

毗耶居士，即維摩詰，雖為白衣，奉持沙門清淨律行。雖居家，
不著三界，亦有妻子，常修梵行。現有眷屬常樂，遠離圓覺道場。可
謂得道居士之典範。

懶殘為天寶初衡岳寺執役僧，名明瓚，退食收所餘而食，性懶而
食殘。時鄴侯李泌寺中讀書，察彼所為，曰：「非凡物也。」中夜往
謁，望席門通名而拜。懶殘正撥牛糞火，出芋啖之，良久乃曰：「可
以席地。」取所啖芋之半授之，李公奉承就食而謝。謂李公曰：「慎
勿多言，領取十年宰相。」後果如其言。

首二句寫景活潑。三、四句用維摩典而親切。

五句用懶殘典，六句用鹿㘅花示人與自然合一。

七、八句自謙老憊，但居此則安。

五十八、同題之四

買斷荒山手拮据，旋移短樹已扶疎。尊堂背市知聞少，竹
逕通溪出入迂。闢竇牗軒聊對卷，改弓弦路劣容車。可憐
四壁空諸有，客至難營飯與蒭。（卷21，頁1174，下三首
同。）

首二句荒山、短樹，對仗得工巧。

三、四句依然寫景，而主人若在焉。

五、六句用一三三句式，拗口而淳厚。「弓弦路」妙。

七、八句說此庵之貧，可與第一首「煨芋」呼應。

「空諸有」境亦清高。

這一首寫景較多，可說是七句景一句情事。

而且前面七句中，首句含主人之情事，次句含主人之行動。

三句含主人之心情及實境。

四句含主客出入之情狀。

五句、六句寫主人之日常生活。

七、八句總結。

五十九、同題之五

挾冊相從祇一童，林間終日飽松風。小窗面野容山入，曲
剛分溪與沼通。定有裔孫尋遠祖，儘教智叟笑愚翁。絕憐
樗里無標致，一墓何須夾二宮。

首句寫庵主風流瀟灑之生活。「飽松風」可與前首之「難營飯籹」
對照。

三、四句寫景眞切而優美：「容山入」尤美好。「分溪與沼通」如
畫。

五句潑將出去。子孫到此尋遠祖，純是詩人之想像，然亦合情合
理。

六句智叟何指？蓋指世俗中的智人，往往自以爲是，反譏山居之
士爲愚公！

七句以樗里喻此庵此山。樗里乃古地名，在今陝西省渭南縣境
內。樗里子名疾，秦惠王之弟，爲秦相，時人稱之爲「智囊」。此處
一半反用：謂此僻地，實無所謂「智囊」者，上應六句。

八句謂此處僻陋，墓亦卑凡，不須夾二宮，亦不能夾二宮也。

全詩寫景者半，抒情言志者半，井然有序。

六十、同題之八

村深保社雜樵漁，歲晚溪翁此卜居。門下諸生皆去矣，塚
旁二客定誰歟？即今不惜頻授轄，他日毋煩更下車。却笑
蘭亭輕感慨，王侯歸處即坵墟。

首二句寫此庵之大概，既云「雜漁樵」，則溪翁略似淵明矣。

三、四句謂諸生皆已離去，冢旁二客正在憑弔。

五、六句投轄用東漢陳遵好客每宴會則投客之車轄入井中典，喻好客；不下車，喻不必拘禮。

七、八句用王羲之〈蘭亭集序〉語：「況修短隨化，終期於盡。」而變化之。

「王侯歸處即丘墟」，說得既豁達又沉痛。

此詩首四句以寫景為主，後四句則抒情寓感。

六十一、同題之九

> 戶外履綦常不到，手中鋤柄少曾閑。古時廢地今花塢，昨
> 日荒陂忽蓼灣。牧馬童乖能識路，操蛇神黠怕移山。顏曾
> 老矣雖難免，猶在長沮桀溺間。（卷21，頁1176）

首句謂足不出戶，次句謂勤于耕作。此寫庵主之日常生活，可與前數詩參看。

三、四句寫今昔之變，寫景而簡明。

五、六句用三一三句式，牧童乖，山神黠，六句用愚公移山典而不顯。

末二句謂顏子、曾子若老，亦當作隱士。

全詩大體寫景、抒情勻稱，且時空兼顧。

六十二、山中祠堂

> 端平聞說建斯堂，白首才重一炷香。早有埋辭表真曜，晚
> 為畫贊頌東方。秋風浩蕩吹墳樹，落月依稀照屋梁。千古
> 行人來下馬，陳詩不必奠椒漿。（卷21，頁1184）

此詩亦作于1254年。

山中祠堂，趙庚夫字仲白，著《周易注》、《老子注》、《山中客語》、《青裳集》，退休時贈山中宣教郎。其墓在莆田城西七里甘露山，祠堂亦在此。

首句謂仲白死于端平年間，乃建此祠堂，而我至今白髮蒼蒼，才來謁拜，若有深憾焉。

三句指〈雪觀居士墓志銘〉，收于文集卷 156。四句謂趙氏可比東方朔。對仗工切。

五句、六句分說晝夜祠堂及墳墓之景象。六句用古樂府語而不覺。

七句「千古行人來下馬」，甚有氣概，能烘出趙仲白之人格氣象。末句可見克莊之灑脫。

全詩由己與堂主之關係直說到其景其人。

六十三、九日遊華嚴寺二首之一

堂閑厨荒蘚壁頹，重尋陳迹故堪哀。殘僧遠避遊山屐，飢雀空窺施食臺。鬢換絕無黑絲出，樽空不見白衣來。千林搖落秋容老，未有黃花一朵開。（卷24，頁1330）

此詩作于寶祐四年（1256年）。

華嚴寺，在興化府城西三里右廂界內，後為鷄足峰，前山環繞如閤左右扉，亦附郭幽勝之處。唐大中六年，刺史薛凝題日華嚴院，十一年升為寺。北宋元豐元年改為禪寺，另賜今額。

首二句寫此寺之頹廢狀及自己的感慨。

三句謂僧避，四句說雀飢，以雀伴僧。

五句言老，六句言寂寞。

七句寫林凋，八句慨無花。

末二句是寫實，也是象徵。

按克莊于寺廟道觀，一視同仁，但對古寺廟之情感尤覺深摯，於此可見一斑。

六十四、同題之二

古塔東偏景最奇，年深何處認苔基。碧紗籠毀雷轟壁，黃繢林疏葉脫枝。鵑沒暮雲天杳杳，鶴歸舊里冢纍纍。中山淚與龍山帽，雨洗風吹在者誰。（塔旁古離榭寺佳處有龔少任詩。四十年前曾題其後，今亡矣。）（同上）

首句詠古塔，次句說衰頹。

三句細寫寺內殘頹之狀，四句以外景襯托之。

五句寫鵑，六句詠鶴，其衰颯之態如一。

七句用三一三句式，有頓挫之效果。不論中山淚、龍山帽，昔日風流已雲散烟消，八句用反問句，殊有力。

此詩與上詩互相補足，互相呼應：未有一花開與「在者誰」貌異實同。

六十五、船子和尚遺跡在華亭朱涇之間，圭上人即其所誅茅，名西亭精舍，介竹溪求詩於余，寄題三絕之二

> 自昔吳僧標致清，經禪之外有詩名。士衡止在東家住，恨
> 不同聽鶴唳聲。（卷31，頁1650）

此詩作于開慶元年（1259年）。

船子和尚名德誠，入藥山洪道禪師室，大明宗旨。自離藥山，小舟往來松江朱涇，以綸釣度日，人號船子和尚。夾山善會禪師來參，大契宗旨。辭行再四回顧，誠喚會回，立起撓日：「汝將謂別有耶？」乃覆舟而逝。唐咸通十年，僧藏暉即其覆舟處建寺。

首二句詠讚船子和尚禪詩雙修。

三句借陸機之名自喻，四句謂恨不同參同遊。

「鶴唳聲」，或寫實，或借喻。

六十六、同題之三

> 萬頃煙波百尺絲，禪家宗旨有誰知？自謙固陋如高叟，却
> 爲僧箋把釣詩。（同上）

首二句想像船子和尚垂釣于松江朱涇之狀，且引申其旨趣，及于禪理禪道。無中生景，亦頗撩人。

三、四句自謙，兼述作詩緣起。「把釣詩」頗爲入神。

六十七、戲題山庵二首之一

曾批龍鱗捋虎鬚，君恩天大偶全軀。入華胥國渾成夢，移
太行山得許愚。無劍挂頤但樵服，有衾覆首莫珠襦。他時
只著深衣去，不必防閑發冢儒。（卷39，頁2090）

此詩作于咸淳二年（1266年）。

首二句謂己之往昔：大膽上諫，逆帝之心，倖得全身而退。

三、四句用一三三句式，別具峭拔之姿。愛做白日夢，有愚公之
痴愚。

五句寫隱居之願，六句詠甘貧之志。

七、八句謂甘心作無名氏，入墓亦安。上承五、六。

看來山庵乃是克莊自築養老之所。

此詩很能看出劉克莊晚年心情及平生意願。山庵之狀貌宛然如
見。

六十八、同題之二

封高四尺寧從儉，穴錮三泉豈不愚？客過唐陵悲石馬，盜
穿秦冢得金鳧。蜀吟不必人歌挽，雞絮那無客弔孤。自作
銘詩差實錄，免教人謗退之諛。（同上）

首句預告己之塋墓，次句由反面說。按秦始皇墓下錮三泉。

三句、四句俱寫人世滄桑之感，四句又上應次句。

五、六句謂一生自吟自唱，不必人挽也。

七、八句說藉此作己之銘詩，以免死後請人作諛墓之文。

全詩坦坦蕩蕩，自白自抒。有若干鮮明意象，卻不是真正的寫景。

六十九、白湖廟二十韻

靈妃一女子，瓣香起湄洲。巨浸雖稽天，旗蓋儼中流。駕
風檣浪舶，翻筋斗韛鞦。既而大神通，血食羊萬頭。封爵
遂蔈貴，青圭蔽珠旒。輪奐擬宮省，盟薦皆公侯。始盛自
全閩，俄遍于齊州。靜如海不波，幽與神為謀。營卒嘗密
禱，山越立獻囚。豈必如麻姑，撒米人間遊。亦竊笑阿環，

種桃兒童偷。獨於民錫福，能使歲有秋。每至割獲時，稚
耄爭勸酬。坎坎擊社鼓，嗚嗚纏蠻謳。常恨孔子沒，豳風
不見收。君謨與漁仲，亦未嘗旁搜。束皙何人哉？愚欲補
前修。緬懷荔台叟，紀述惜未周。他日豈無石，可以礱且
鎪。吾老毛穎禿，安能幹萬牛？（卷 48，頁 2467～2468）

此詩作于咸淳五年（1269 年），克莊死前不久。

白湖廟，在興化府，天妃廟之別名，舊在湄洲，隔漲海，往返甚
難，今城中有行祠。官府春秋二祭，皆在行祠。紹興年間建，初在白
湖渡，後改城中。此詩乃詠白湖之祠。

妃爲湄洲林氏女，能知人禍福，即媽祖娘娘。

此詩全詠媽祖其人其事其史蹟及缺憾。

首二句述緣起，三、四、五、六句描寫海上波濤洶湧。

七句寫媽祖神通能夠救護舟船及旅人，八句謂受世人景仰，群眾
祭悼。

九、十句寫其封爵及遺像。

十一、二句承上寫廟貌。

十三、四句寫流傳之盛。

十五、六句寫其靜而多慧，心與神相通。

十七、八句記其奇蹟。

十九、二十句以她與麻姑相比。麻姑以米去穢，米皆成珍珠。

二十一、二句寫西王母之神跡：王母曾獻桃于漢武帝，東方朔從
旁竊視之，王母指之曰：「此兒已三度偷吾桃矣。」一說武帝時東方
之國貢小人至，使朔辨之，朔曰：「王母種桃，三千歲一結子，此兒
已三度偷桃矣。」意謂此小人已九千歲。

二十三至二十六句，寫媽祖助民豐收，民皆感激。

二十七、八句復助其勢。

二十九至三十二句，謂媽祖神跡，未爲詩史所載：孔子既歿，良
史司馬光、鄭樵亦不暇顧及。

三十三、四謂己欲補之。

三十五、六句念荔台叟之記媽祖而惜不詳。

三十七至四十句仍念茲在茲，又恐己力不足。

全詩洋洋灑灑，懷人遠多于寫景。

以上六十九首，大致有以下五個特色：

一、佛寺與道觀兼容並蓄，但略偏重寺廟。

二、寫景成分不如抒情、記事。

三、用喻少，用典多。

四、白描、直述的比重頗大。

五、景中有情、情中有景，或情景中有議論，有言外之意。

第五章 古 跡

本章之古跡，限於廟觀山水之外。

一、古墓

　　　石麟闕耳笋生苔，要讀豐碑與客來。精舍荒涼僧已出，瓦
　　牆一朵佛桑開。（卷一，頁 75）

此詩約作于嘉定十二年（1219 年）。在家鄉莆田。

首句寫古墓概況，墓前石麒麟缺耳，石笋生青苔。

次句乃用倒裝句法：偕客來此讀豐碑也。豐碑，指記功德之墓碑。

三句指僧跡杳然，四句實寫瓦牆及佛桑花。

按閩中多佛桑樹，枝葉如桑，唯條上勾。花房如桐，花含長一寸，
餘似重台狀。花亦有淺黃者。按此花又名扶桑。

花名中有一「佛」字，正好映襯三句之精舍及僧人。

二、下蜀驛

　　　幄殿荒涼屋欠扶，紹興遺老故應無。舊來曾議高皇帝，尚
　　有庭前柳一株。（卷一，頁 77）

此詩亦作于 1219 年。

下蜀驛，在建康府，西至柴溝驛十五里，東至鎮江府界十五里。
紹興八年二月己巳，車駕未入建康，次下蜀驛，有御座在焉。淳熙十

二年，留守錢良臣重建之。

首句寫驛之荒廢光景。

次句謂高宗年代之遺老恐皆仙逝矣。

三、四句巧用擬人法，說庭前柳必曾認識高宗皇帝。

半寫景（一、四句），半詠史事，懷古之思甚郁。

三、觀元祐黨籍碑

嶺外瘴魂多不返，冢中枯骨亦加刑。稍寬末後因奎宿，嵐
侵脫葉費裝黏。雲迷玉帝藏書府，日在山人炙背簷。誰道
閑居無一事？袒衣揮扇曝芸籤。（卷二，頁136）

此詩作于嘉定十三年（1220年）。

元祐黨籍碑：崇寧初，蔡京持紹述之說為相，悉取元祐廷臣及元
符末上書論新法之人，指為訕謗而投竄之，又籍其名字刻之於石，謂
之黨籍碑，且將世世錮其子孫。其後黨禁稍弛，而碑竟仆倒。

首二句說蔡京等酷政，忌賢至于死者。

三、四句謂因葉夢得之諫而稍懈黨禁，碑亦中仆。

五、六句述程顥改容，范仲淹欲調停新舊。

七、八句涉及蘇軾詩文被禁等事，乃以「殘碑淚」籠括之。並表
哀悼之意。

全詩未正面描寫此碑，但存史敬賢之心意乃因碑而發。

四、上冢

落梅萬點曉泥乾，擘紙携家去上山。寧與先臣游地下，肯
隨諂子乞墦間？甃牆漬雨頹偏易，沙上栽松長極艱。畢竟
有慚盧墓士，林扉夜只付松關。（卷三，頁167）

此詩作于嘉定十四年（1221年）。

按後村之父彌正卒于嘉定六年七月六日，至此清明上冢，已八年。

首句實說梅雨，但土仍乾燥。次句說全家掃墓。

三句實寫，四句用孟子齊人有一妻一妾意而反之，其實有附會之感。

五、六句實描墓地週邊情況。

七、八句自慚未能久廬父墓，只好把它付諸松林。

此家墓列入古跡類，乃據最廣義者。

五、中峰先塋

　　昔遇重華席屢前，因排貴近去翩然。叩墀袖有〈持毬疏〉，
　　易簀囊無沐櫛錢。當日傳家唯薦草，至今瞻族賴祠田。原
　　頭宰木蒼如此，才見山庵茸數椽。（卷三，頁 196）

此詩亦作于 1221 年。

中峰先塋，指後村祖父劉夙之墓，在莆田城東壽溪之上。

首二句說祖父生平：遇賢君得顧問，遇貴近翩然去。

三句寫劉夙忠于諫君，四句說他兩袖清風。

五句繼三句，六句承四句：一忠一貧。

七句以大自然之青蒼烘托乃祖，八句以山庵說現狀，示家風。

寫景雖少，其情思彌篤。

六、謝墳

　　一月山行未有梅，曉來戲著小詩催。謝家墳寺更衣處，初
　　見牆西半樹開。（卷五，頁 294）

此詩作于嘉定十五年（1222 年）初春。

謝墳未知在何處。

首句寫應有梅而無有，次句戲以詩催梅。

謝家墳，或爲謝靈運家墳，且有祠寺，有更衣處；四句寫其半樹
梅花，不啻畫龍點睛。

七、東坡故居之一

　　嘉祐寺荒誰與茸？合江樓是復疑非。已爲韓子騎麟去，不
　　見蘇仙化鶴歸。（卷 12，頁 705）

此詩作于嘉熙三年（1239 年）。

東坡故居，在惠州歸善縣白鶴梁上，軾曾卜居于此，後人肖像于其所祀之地，謂之白鶴峰祠，歷代修葺弗廢。

嘉祐寺在惠州府河南岸，古嘉祐寺在城隍廟側，宋佛印之開山道場，合江樓在惠州府城東，當東西二水合流之處，蘇軾曾寓此。

首二句記此寺與此樓，皆東坡當年遊息之地，故有此問。

三句以韓愈成仙事烘托四句之未見蘇仙歸。

全詩用兩層烘托成篇。

八、同題之二

> 惠州副使是新差，定武端明落舊階。盡遣秦郎晁子去，只
> 攜《周易》《魯論》來。（同上）

前二句乃寫東坡事蹟：軾于元祐八年以端明殿、侍讀二學士知定州，坐前為中書舍人日草制謗訕，降兩官，貶英州，未至，以寧遠軍節度副使安置惠州。

三四句謂請秦觀、晁補之等門生好友離去，以免受他連累，自己勤讀《周易》和《論語》度日。

四句全是寫實，因此詩意稍薄。

九、墮淚碑

> 治化無深淺，要諸久始知。遺民他日淚，太傅向來碑。反
> 袂緣何事？輕裘若在時。勳名一片石，尸祝百年思。不比
> 山公醉，惟應湛輩悲。征南亦深刻，感慨者為誰？（卷28，
> 頁 1528）

此詩作于寶祐六年（1258 年）。

墮淚碑，襄陽百姓感念羊祜，於其生平遊憩之所建碑立廟，歲時饗祭，望其碑者，莫不流涕。杜預因名之為墮淚碑。

首二句似泛論，實則切於羊祜。

三、四句謂墮淚碑之由來。

五句以「反袂」取代墮淚，義則不變。六句寫羊祜當年輕裘緩帶之風姿。

七、八句仍頌此碑，兼及此人。

九、十句謂山簡常醉，羊祜不比之；後句用羊祜對從事鄒湛所說：「自有宇宙而有此山，登此遠望如我與卿者多矣，皆湮滅無聞，使人悲傷。」湛曰：「公之名當與此山俱傳，若湛輩，乃當如公言耳。」上句乃烘托下句。

羊祜征吳，為晉立一大功，如今感慨者為誰？末二句意復綿遠。

全詩只「一片石」勉強可算寫景，其他全是借題發揮，以碑志人。克莊罕作排律，此為例外，寫來自在。

十、杏壇

夫子昔居地，流傳後代看。竹藏壁中簡，杏落水邊壇。流藻尤繁盛，依槐免折殘。一時雩舞樂，千古孔林寒。漁父拏舟聽，門人捨瑟歎。世多伐木者，吾道欲行難。（卷28，頁1530）

此詩亦作于1258年。

杏壇在曲阜孔廟，先聖殿前有壇一所，即孔子教授堂之遺址，環植以杏，故名杏壇。

首二句大略介紹其由來。

三、四句以壁簡襯托壇杏。

五、六句續寫其週邊景物。

七、八句由古及今。

九、十句泛寫孔子之教化，然意象親切。

十一、十二句伐木為比喻，道行難為實說。

四句寫景，不嫌其少。

是排律而不覺其滯。

十一、古墓

龜趺但見碑訛缺，馬鬣安知葬舊新？想見若敖求食鬼，亦羞東郭乞墦人。（卷47，頁2451）

此詩作于咸淳四年（1268 年）。

首二句寫古墓之實景，次句爲湊對仗而發，但尚不離譜。

若敖求鬼，《左傳·宣四年》：「鬼猶求食，若敖氏之鬼不其餒而？」

三、四句用二典：一左一孟，俱與墓地有關，但湊趣之意味甚郁。

只是第一句寫景實在，其他三句不免爲足題而作，欠缺詩情。

十二、題海陵徐神翁墓（追錄舊作）

> 忽被黃符迫下山，許携苔帚面天顏。早知錦纜盛宮女，因
> 舍紅巾問阿環。空有蚋蠅侵玉骨，斷無龍虎守金丹。秋壋
> 翁仲相酬答，日落僧歸客閉關。（卷 48，頁 2474）

此詩應爲早年作品。

海陵徐神翁墓，在泰州縣東七里，有碑。

徐神翁名守信，生六七歲始能言，父隸衙籍，少孤，無以自給。
十九歲役於天慶觀，常持一帚供灑掃，盡力煩辱之事，死後廟頗有靈。

首二句似謂天子召見。

三、四句謂卜問于西王母。

五句謂死後墓被蚊蚋所侵，六句謂無龍虎守持，狀墓之陋。

七句翁仲相酬，八句僧歸客歸，寫出落寞之景象。

此詩今昔之感甚郁。

以上十二首，因撤除山川廟觀，故只有墓、碑、壇、故居等列入
古跡類，有以下五點特色：

一、文字流利。

二、用典多用喻少。

三、時用襯托（正襯、反襯）法。

四、偶作排律，但頗爲自然。

五、多爲中上品的詩作。

第六章　都城與鄉村

一、揚州作

> 幾多精甲沒黃沙？野哭遙憐戰士家。瓜渡月明空粉堞，蕪
> 城煙斷只昏鴉。似聞漢使放王醢，尚喜胡兒剖帝犯。惆悵
> 兩淮蠶織地，春風不復長桑芽。（卷一，頁 30）

此詩作于嘉定十一年（1218 年），克莊隨李珏過揚州時所作。

首二句記古戰場事。

三、四句寫景，顧今悼昔。

紹興三十一年冬，金國主亮舉國南侵，兵敗采石磯，部將叛變，
射死亮于揚州。五代契丹之耶律德光滅晉，歸途死于殺胡林，契丹人
破其屍，摘去腸胃，以鹽沃之，載而北去，漢人目之為「帝犯」。五、
六句並詠其事。

末二句詠歎揚州已無昔日風光，呼應三、四句。

蠶絲織緞，為揚州當年最盛之手工業及產物。

此詩詠史兼寫景，且寄感慨。

二、瓜洲城

> 先朝築此要防邊，不遣胡兒見戰船。遮斷難傳河朔檄，修
> 來大費水衡錢。書生空抱聞雞志，故老能言飲馬年。慚愧
> 戍兵身手健，箔樓各占一間眠。（卷一，頁 43～44）

此詩約作于 1218 年。

瓜洲城，鎮名，江都縣南四十里有巡司，揚子江中之砂磧也。沙出，狀如瓜字，接瓜子渡口，民居其上。唐開元以來，漸爲南北襟喉之處。

首二句說明瓜洲之重要性。

三、四句記乾化元年春正月丙戌朔，張承業、李存璋以兵攻邢州，自以大軍繼之，移檄河北州縣，諭以利害。《漢書·宣帝紀》：「二年春，以水衡錢爲平陵徙民起第宅。」水衡錢，天子私藏也。

仍是寫此地之重要性，及歷代之重視防務。

五、六句先述祖逖、劉琨聞雞起舞、有志天下事；次用魏太武帝拓拔燾典：燾於宋文帝元嘉二十七年南侵至瓜步事。前爲泛用，後爲切題切地之吟。

七、八句回顧己身，宿此一二夜，徒愧老兵身分。

寫瓜洲不重寫景，而寫其歷史緣由、人物事跡，虛虛實實，合綴成文。

三、冶城

> 斷鏃遺鎗不可求，西風古意滿原頭。孫劉數子如春夢，王謝千年有舊游。高塔不知何代作，暮笳似說昔人愁。神州只在闌干北，度度來時怕上樓。（卷一，頁 49）

此詩亦作于 1218 年。

冶城，在金陵，古城，本吳冶鑄之地，屬丹陽縣。

首二句破題，頗得冶城風貌及精神。

三、四句回首往事，由三國到東晉，以四家爲代表。

五、六句懷古撫今，頗有許渾詠史詩風味。

末二句似變化辛棄疾詞意，結得大方穩實。

此詩堪稱克莊城市詩之代表作。

四、出郭

> 江邊一雨洗秋容，北郭東郊野意濃。老大怕他人檢點，隔
> 溪隔柳看芙蓉。（卷一，頁 77）

此詩約作于嘉定十二年（1219 年）。

首二句寫景雖屬泛泛之筆，仍有詩意。

三句一抑，頗殺風景。「老大」者年齡大也，克莊此時才三十三歲，古人仍視作「少年」，何老之有！

四句稍揚，但二「隔」仍使人不爽。豈不糟塌了美好的芙蓉！

未寫城郭本身，但却寫盡郭外風光。

五、深村

> 身老深村負歲華，青苔逕裏是貧家。晚風一陣無端急，不
> 爲山人惜柚花。（卷二，頁 104）

此詩作于 1219 年。

又說自己「身老」，是中國文人之通病，吾人只有置之一笑。

首句「負歲華」，似是而非。

次句在青苔徑裏見貧家，別具聲色。

三句一轉，「無端」甚好，遙與「負歲華」相對應。

四句惜柚花之落，「山人」又遙應「貧家」。貧家在大自然中，其實不貧。

六、興化縣

> 繞縣百千峯，初疑路不通。居民猶太古，令尹坐春風。等
> 遠呼難至，杯寒反易空。却從歸路望，飛榭半空中。（卷三，
> 頁 172）

此詩約作于嘉定十四年（1221 年）。

首二句破題親切有味。

三句寫民，四句詠官，極生發，對得參差歷落。

五句呼箏妙，六句杯空好。

七、八句一轉入神，「飛榭」猶箏、猶百千峰，甚至是太古春風。此詩別具風流。興化縣本爲泉州遊洋縣。

七、仙游縣

不見層岡與複巖，眼中夷曠似江南。煙收綠野連青嶂，樹闕朱橋映碧潭。丞相無家曾住寺，聘君有字尚留庵。荒山數畝如堪買，徑欲誅茅老一龕。（卷三，頁177）

此詩亦作于1221年。

仙游縣在興化軍西七十里，原屬泉州府。

首二句破題，介紹得很清晰。福建地區多山，此縣爲一例外。

三、四寫景出色，由上句「似江南」引申而來。「樹闕」，樹有隙也。

五句丞相指葉顒，仙游人，孝宗乾道初爲宰相，《宋史》卷384有傳。六句指某文人，二者遙對互合。

七、八句寫出作者的願望，謂此處乃隱居之好處所也。

八、空村

棄置在空村，浮名豈復論？因思戎服窄，方悟縕袍尊。城遠雞司曉，家貧犬守闈。常憐劉越石，辛苦戍并門。（卷四，頁235）

此詩亦作于1221年。

首二句破題，並自述處境。

三、四句言己在軍中效命，時有舒展不開之感，始悟家居或隱居閒人之尊貴。《論語·子罕》：「衣敝縕袍，與衣狐貉者立而不恥者，其由也與！」孔子讚子路之居貧而自尊也。

五句寫雞鳴，六句寫養犬。其實家中能蓄犬，即不甚貧矣。

七、八句天外飛來，想起晉人劉琨，在朝廷南遷後，猶爲并州刺史，位尊而勢險，終遭殺害，令人有「英雄氣短」之慨，何如安居空村、悠然自得哉！一「憐」字入神。以此收結，格外有力。

九、海口之一

> 暫游不得久婆娑，奈此龍江景物何？天勢去隨帆際盡，海
> 聲來傍枕邊多。昏窗微見燈明嶼，霽閣遙看日浴波。定有
> 後人尋舊迹，已留小篆識山阿。（卷五，頁 277，下二首同）

此三詩皆作于 1221 年。

海口鎮在今福清縣東龍江入海處。

龍江，廣五里，深五丈多，舊名螺文江。上接龍首河源，下通東
南渤澥，有橋橫跨其上。

首句破題，略記己之遊程。

三、四句寫景，以天、海對述。中間穿插一帆影，且有聲有色。

五、六句續寫景，由燈而嶼而閣而日而波。

七、八句爲後人留痕。

此詩寫景甚工妙，可視爲此類寫景詩中的典範之作。

三、四、五、六等四句，幾乎可見到唐代盛、中期之風神。

十、海口之二

> 島烟常至晏方開，沙際參差辨遠桅。風挾寒聲從樹起，潮
> 分末勢過橋來。吏人不禁山排闥，客子思傾海入杯。歸憶
> 斯游今冷淡，如嘗橄欖味初廻。

首句寫島上煙霧，遇日而晚散。

次句寫沙際遠桅，久辨方見。「參差」二字度得好。

三句「風挾」勢旺，「從樹起」切實而不滯。

四句「潮分末勢」亦工巧。三、四兩句對仗自然而不俗。

五句寫吏人之開放。

六句抒客子之豁達－傾海水入杯，其滋味如何，其意興如何，讀
者可以想像得之。

七、八句寫回憶，「冷淡」到「橄欖」，一述一喻，甚爲的切。

此詩四景二事二句情，甚爲別致。

十一、海口之三

人烟窮處屋三間，目斷寒雲接淺山。石塔有風鈴自語，水
亭無稅印常閒。沙晴火伏如棋布，浪急漁舟似箭還。自古
詩從登覽得，莫辭絕頂共追攀。

首句寫實，「窮處屋三間」，有戲劇效果。

二句繼之，「接淺山」亦好。

三、四句用二三二句式，別具風味，三句實而有韻，四句虛而心
寬。

五、六句寫景清越，用喻亦美。

七、八句不免套語收結。

十二、嵩溪驛

舟子初辭去，風吹薄酒醒。一莖新鬢白，數點晚山青。潦
倒彈長鋏，荒涼宿短亭。鄰雞空喔喔，不似昔年聽。（卷五，
頁 290）

此詩亦作于 1221 年，克莊別莆田赴廣西經略安撫司準備差遣
任，此在途中所作。

嵩溪驛在福州北上南劍州驛道上。

首句謂由舟登陸，次句詠醉醒。

三、四句以鬢白對比山青，甚有韻味。

五、六句自抒，稍涉誇張。

七、八句寫鄰雞叫曉，但心境不同往年，心中別有感懷，上應三
句五句。

四、七句寫景，六句半寫實半爲比喻。

十三、館頭（去撫州四十里。）

雨露蕭蕭驛埃長，不堪流潦入車箱。撫州城外黃泥路，即
是人間小太行。（卷五，頁 296，下首同。）

此詩亦作于 1221 年。

疑館頭即明代之坎頭鋪，爲撫州西路八鋪之一，乃小鎮。

首二句破題兼述當日大雨之情狀。

三句寫出黃泥路，四句以太行山比喻道路行走之艱難困窘。

可惜除「驛堠長」三字外，並未描寫此驛形貌。

十四、發臨川

始予丱角來，家君綰銅墨。縣齋多休暇，縣圃足戲劇。雖云
嗜梨栗，亦頗窺簡冊。弟妹俱孩幼，親髮方如漆。後予捧
檄至，軒蓋候廣陌。於時志氣銳，門戶況烜赫。郡花照席
紅，湖柳拂鞍碧。耆老互問訊，酒饌紛狼籍。今予挑包過，
城郭宛如昔。高年凋落盡，滿眼少明識。管子仕瘴烟，屈
叟掩泉穸。華門訪舊師，目闇面黧黑。買醪與之酌，往事
話歷歷。既生異縣感，遂起故鄉憶。吾翁墓艸深，高堂巳
斑白。貧居滲髓空，遠游溫凊隔。二季官海濱，女子各有適。
曾不如阿奴，碌碌在母側。回思盛壯時，去矣難復得。因
成臨川吟，吟罷淚橫臆。（卷五，頁 296～297）

此詩亦作於 1221 年，赴廣西途中。

臨川，爲撫州府附郭縣。

首二句謂自己十五歲（嘉泰元年）父親劉彌正任臨川知縣。

三、四句描述當時生活大概。

五、六句續之：好吃，好讀書。

七、八句謂弟妹幼小，父母未老。

九、十句指嘉定三年克莊初仕爲靖安簿，袁燮攝帥，招之入幕府，
曾來臨川公幹。

十一、十二句描述當時少年氣盛，家門顯赫。

下四句俱細述其時景況。紛紅駭綠。

十七、八句述今日來此之情狀。

以下八句皆述此次經過。訪師共飲爲重點。

十七句以下寫出異鄉之感及父墓母老。

以下皆寫家境及弟妹居鄉之景況。並回思盛壯年之美況，感慨不已。

末二句說吟詩緣由。

全詩真情流露，惜少寫景。

十五、自撫至袁，連日雨霰風雪一首

窮臘天地閉，雲氣匝野垂。何況袁撫間，積潦盈路岐。寸晷拔寸步，一塸費一時。忽趺落深淖，有侶烏著糜。寒日已西匿，游子方南馳。孤店渺烟際，僮馬飢以羸。霏霏雪沒骭，憭憭風裂肌。古人貴遺體，不肯臨深危。兒行風雪中，慈母安得知？絡當投綬去，重補南陔詩。（卷五，頁299）

此詩亦作于1221年。

撫州、袁州，皆為今江西省地名。袁州即宜春郡。

首二句寫當時雲重而雨。

三、四句寫積水。

五、六句續述道路之難行。

七、八句述跌倒狀，以鳥為喻，足以解頤。

九、十句述日落後猶趕路前行。

十一、二句寫欲寄宿旅舍而未得，人疲馬困。

十三、四句寫風雪中之窘狀。

十五至十八句以古人為喻，憾己為官之苦。

末二謂己當效古之孝子，決心棄官歸養。

此詩乃經過袁州時所作，專述旅程中之遭際，未暇描寫城池。

十六、安仁驛

偶向溪邊洗客塵，數株如玉照青蘋。淒風冷雨分宜縣，賴有梅花管領人。（卷五，頁300）

此詩亦作于1221年，西行途中。

安仁驛在分宜縣治東。舊為安仁鎮，驛仍其名。

首句雅，次句韻。但未說破。

三句寫天候地點，直書。

四句始揭開二句之謎。

「賴有」，幸有也。「梅花管領人」，極雅，極妙，為小驛生色不少。

十七、萍鄉

聞說萍鄉縣，家家有絹機。荒年絲價貴，未敢議寒衣。（卷
五，頁 301）

此詩亦作于同年。

首二句為誇行句（Run-on Line），實為一大句，重點在「有絹機」
三字。

三句一轉，令人為之一愕，四句足成之。

人人家家有絹機之鄉縣，居然不敢議及寒衣，此乃何等辛酸，何
等悲情！

寫此一縣，二十字亦足矣！

十八、發嶽市之一

嶽下無耆老，何從訪舊聞？不知紫巖墓，更隔幾重雲！（卷
五，頁 307）

此詩亦作于 1221 年。

嶽市，在衡山縣西北三十里。

紫巖墓：紫巖即張浚，墓在南嶽之北豐林鄉龍塘平原上。

一、二句遺憾嶽市已無耆老在。

三、四句以此地最重要的古人－張浚為論述的對象，因為未見傳
說中的張墓，故曰「更隔幾層雲」，惆悵之情，了然可見。

全詩未寫一景，只說一人；人未見，墓亦未見。可謂凡詩若奇。

十九、同題之二

明仲竄蠻煙，欽夫棄盛年。空令後死者，有淚滴遺編。（同
上）

明仲，胡寅字，於紹興十三年罷知永州，歸寓南嶽。後責授散官，新州（廣南東路始興縣）安置，故說「竄蠻煙」。

欽夫，張栻字，栻廣漢人，居衡陽，四十八歲卒于江陵知府任上，故有盛年棄世之嘆。

末二句合述二人留給後人的傷感。二人雖政治人物，亦各有詩文著述，故云後人滴淚遺編。

未寫景，只寫此地之古人，作法略同于前首。

二十、同題之三

昔者監香火，今焉裂芰荷。祝融應冷笑，還肯再來麼？（同上）

祝融，衡山有祝融峯，在衡山縣西北三十里，其高為諸峰之最，位值離宮，以配火德，乃火神祝融遊息之所，道書二十四福地。

首句謂祝融昔日職司香火，盛況一時；次句謂此地今乃只見芰荷凋零。

三句用擬人法：祝融亦不禁冷笑。

四句由祝融口吻說：不知諸遊客是否願再來。

寫蕭條之景，不著一字。

二十一、祁陽縣

入境少人煙，寒江碧際天。小留因買石，久立待呼船。笛起漁汀上，鷗飛縣郭前。若無州帖至，令尹即神仙。（卷五，頁312）

此詩作于嘉定十五年（1222年）。

祁陽縣，屬永州，在州東北九十里，在祁山之南，故曰祁陽。

首二句破題直抒：人少，江寒，天藍。

三、四句寫事。

五、六句復寫景，有鷗，有笛聲。

七、八句謂此地事少人少，政簡刑清。若無上級打擾，縣令勝似神仙。

寫祁陽縣四十字足矣。（三、四句其實非關祁陽本身，但買石亦小有關係。）

二十二、零陵

> 畫圖曾識零陵郡，今日方知畫未如。城郭恰臨瀟水上，山
> 川猶是柳侯餘。驛亭幽絕堪垂釣，巖室虛明可讀書。欲買
> 舟溪三畝地，手苫茅棟徑移居。（卷五，頁 312）

此詩亦作于同年。

零陵，永州之一縣，本名泉陵縣。

首二句譽此縣之美：聞名不如見面。

三、四句寫其地理位置，又因曾任永州司馬之柳宗元為它生色。

五、六續寫景，並賦予垂釣、讀書二大功能。

七、八句之冉溪，即愚溪，永州城西一里，水色如藍，謂之染水，或曰冉氏曾居此，故名冉溪，柳宗元為它改名為愚溪。隱居之意，了然可悉。

八句譽零陵，有山有水有高士餘風。

二十三、深溪驛（去廣右界一程）

> 苔滿朱扉半闔開，更無人跡獨徘徊。湘江臨別如相語，早
> 買扁舟出嶺來。（卷五，頁 313）

此詩亦作于 1222 年。

按深溪驛屬于全州。

首二句描寫此驛情狀：朱扉、青苔、無人跡。

三、四句乃借湘江之語催己出嶺。

此詩只是旅程記實，詩質稍薄，用擬人法效果尚佳。

二十四、全州

寂寞全州路，家家獲作扉。異僧留塔在，過客入城稀。傳
舍臨清泚，官亭占翠微。沙頭泊船者，多自嶺南歸。（卷五，
頁 314）

此詩亦作于 1222 年，冬天改官赴召，乃出嶺南，此在途中。

全州在湘江西岸，原爲永州之湘源縣。

首二句寫全州民風淳樸，人口不多。

三、四句僧隱塔在，過客少，但亦有入城者。

五、六句寫景，一舍一泚，一亭一山色。交相爲用，便成圖畫。

七句又寫景且及人，八句補述。

其地雖非要址，但爲通嶺南必經之道。

寫得淡中有濃。

二十五、炎關（亦名嚴關）

關北關南氣候分，雪飛不過古來云。若非曾發看山願，老
大何因入瘴雲？（卷五，頁 314）

此詩亦作于 1222 年冬。

嚴關在興安縣西南一十七里，兩山對峙，勢甚險峻。

首二句寫出此關異象，南北氣候氣溫不同，但未見飛雪，次句說
得頗巧。

三、四句自陳愛山，故甘願深入瘴癘之地。「入瘴雲」可謂化俗
爲雅。

二十六、秦城

缺覽殘堝無處尋，當年築此慮尤深。君王自向沙丘死，何
必區區守桂林？（卷五，頁 315）

此詩亦作于 1222 年冬。

秦城，在廣南西路靜府興安縣。秦始皇二十三年築，以防阻越。

首二句謂當年始皇築城時之磚瓦已不可覓。

三、四句借題發揮：凡人必死，始皇亦然，既死于沙丘，何必守桂林、築秦城？

完全無景可寫！

二十七、湘中口占之三

江邊金碧漫層層，戶口稀疏塔廟增。楚俗不知黃面老，家家香火事湘僧（無量壽佛是也）。（卷六，頁379）

此詩作于嘉定十六年（1223年）克莊家居時。

無量壽佛，佛教有《無量壽經義疏》，隋慧遠撰，明無量壽因地修行，明無量壽果位，爲淨土宗典籍。

在湘江邊觀察，廟宇連綿，且金碧輝煌，戶口却稀稀落落。這是前二句。

後二句謂湘人不知敬老，却家家唸佛敬僧。

全詩寫建築物兼寫風俗。

二十八、豫章之一

湖光如鏡了無塵，照見先生白髮新。歲晚騎驢行萬里，始知孺子是高人。（卷六，頁388）

此詩亦作于1223年。

首句寫湖光清明，次句寫湖明之效，且勻入己身。

三句自抒，四句謂昔年徐穉（字孺子）在此郡，爲一郡之望。或以此人隱示此地教化之好。寫豫章（今江西省南昌市）只寫湖光與古賢士。

二十九、同題之二

交游回首散如煙，重過洪州隔世然。手種垂楊皆合抱，朱顏安得似當年！（卷六，頁389）

此詩亦作于1223年，克莊才三十七歲，但似乎已有歷盡滄桑之感，亦異事也。

前句慨友散，次句說重游南昌。

三句懷舊，昔日曾在此爲官，手植垂楊已甚高大。

四句興慨：如今已不見當年之朱顏，吾老矣！

此首寫樹，對應前首寫湖。友人則「散如煙」，更不如上首恍如遇到了「高人」徐稗。

三十、建州

風緊雲高雪尚慳，建州城北倚欄干。林梢淡日紅如綫，應爲梅花煖晚寒。（卷七，頁 409）

此詩亦作于 1223 年冬。

建州即建寧府，唐末爲閩所有，閩王王延鈞以弟王延政爲建州刺史，宋代屬江南轉運使，後屬兩浙南路，又改隸福建路，升爲建寧軍，孝宗後升爲建寧府。

前句寫天候，「雪尙慳」用擬人法，有創意。

次句說明地點及行動。

三句專寫太陽，兼及樹林。

四句爲梅花煖晚寒，生發，把日、梅都寫活了，亦可視作擬人。

這是寫自己的建州經驗。

三十一、入浙

浦城南畔只輕陰，入浙方驚雪許深。梅縞楓丹三百里，笑人短幅寫寒林。（卷七，頁 410）

此詩亦作于 1223 年。

此爲克莊經浦城北上入浙東衢州江山道中所作，可視作江山側記。

首句泛寫景候，次句繼之以雪，已由閩入浙。

三句梅白楓紅，以三百里壯其勢。多麼好的一幅長卷！

四句笑人短幅，謂圖畫不足盡狀此美景也。

三十二、壽昌

　　山路泥深雪未乾，覓店先須近酒家。新年台曆無人寄，且
　　就村翁壁上看。（卷七，頁411）

　　此詩作于1223年末。

　　壽昌屬兩浙西路嚴州府，在州西一百十里。詩中雖有「新年台曆」
云云，其實時尚在嚴州旅途，未入新歲。

　　首句寫山路雪泥，次句自抒。

　　三句謂新年已近，無人先寄曆書。

　　四句謂在壽昌之村翁家壁上看日曆。

　　四句皆親切近人，寫景少而有味。

三十三、桐廬

　　桐廬道上雪花飛，一客騎驢覓雪詩。亦有扁舟蓑笠興，江
　　行却怕子陵知。（卷七，頁412）

　　寫作時間與上詩同。

　　桐廬縣在嚴州城北一百○五里。

　　首句寫雪，次句自詠，有驢有詩，令人聯想到老年的陸游。

　　三句假擬舟遊，四句却說怕打擾了昔年隱居在此的嚴光。

　　超越時空，馳騁幻思。

三十四、富陽

　　便著羊裘也不難，山林未有一枝安。富春耕種桐江釣，却
　　羨先生別墅寬。（卷七，頁412）

　　此詩與前詩作于同時。

　　富陽縣在兩浙西路臨安府西南七十三里。漢代名富春，晉孝武大
元中，避簡文帝鄭太后諱，改今名。赤亭里，即嚴光垂釣處。

　　首句追詠嚴光穿羊裘垂釣之事。

　　次句似謂自己未安一枝。

　　三句合寫嚴光二事，四句則直承二句，空羨子陵在此隱居之別墅

寬大舒服，以比己身，幸運有加。

此又借古喻今、借古人比自己之作。

三十五、大梁老人行

大梁宮中設氈屋，大梁少年胡結束。少年嘻笑老人悲，尚
記二帝蒙塵時。烏摩國君之讎通百世，無人按劍決大議。
何當偏師縛頡利？一驢馱載送都市。（卷八，頁 502）

此詩作于寶慶元年（1225 年），時知建陽縣。

大梁指開封，戰國之魏都。

首二句回顧當年五胡亂華時景象。

三、四句則接上北宋末徽、欽二宗被金人俘虜之事，少年無知尚
嘻笑。

五、六句慨歎國仇未報。

七、八句寄望當今英雄，仿古英豪殺敵縛囚。

末有一字寫開封城池之狀貌，卻就此地歷史說得七縱八橫。

三十六、泉州南郭二首之一

閩人務本亦知書，若不耕樵必業儒。惟有桐城南郭外，朝
爲原憲暮陶朱。（卷 12，頁 690）

此詩爲嘉熙三年（1239 年）在旅途中所作。

泉州府在福建東南，臨海，物產殷富，人多習詩書。

首句說閩人（泉州爲代表）知書亦務農。

次句補充說明：耕樵即務本，業儒即知書。

三句一轉，顯示例外之情狀：桐城爲泉州四郡之一，其南郊外有
所不同。

四句合：原憲爲孔子賢弟子，不厭糟糠，居於陋巷。陶朱即越國
范蠡，晚爲殷商。先儒後賈，二者合一。

全詩不寫景，只描述該地人文生態。

三十七、同題之二

　　海賈歸來富不訾，以身殉貨絕堪悲。似聞近日雞林相，只
　　博黃金不博詩。（卷 12，頁 691）

　　首二句慨歎時代變易，人們輕視儒術，一味求財求富，乃至以身
殉貨。

　　三四句用白居易詩風行一時，雞林賈持之售其國王，篇易一金，
其僞者相能辨之一典。不過此處乃反用之，愛詩之國亦已愛金不愛詩
了！此中諷意十足，了然可見。

　　這首詩比上一首更逼進一層。

三十八、同安

　　城不能高甫及肩，臨風搔首一懷賢。當時矮屋今存否？曾
　　著文公住四年。（卷 12，頁 692）

　　同安縣在泉州城西一百三十五里。朱熹在紹興二十一年任泉州同
安縣主簿，二十三年七月到同安，二十六年七月秩滿，「住四年」者，
住了四個年頭也。

　　按同安城高丈二尺，所謂「城不能高甫及肩」者，恐是夸飾之詞。

　　二句搔首懷賢，懷念的便是朱子諸人。

　　三句追述往日居民所建之矮屋，四句直指朱子曾住此四個年頭。
城矮、屋矮、賢人使後人懷念，以此盡同安。

三十九、木綿鋪

　　庵遠人稀行未休，風煙絕不類中州。何須更問明朝路？才
　　出南門極目愁。（卷 12，頁 693）

　　木綿鋪，在漳州府龍溪縣南十里十三郡，又稱木綿庵。

　　此詩亦作于同年。

　　首句言此地人稀，故不停留。

　　次句言風煙瀰漫，不似中原地方景象。

　　三句低調，謂至此氣結，不必更問明天的道路。

四句以「極目愁」收結。

四句一以貫之，甚爲感傷。

四十、扶胥三首之一

> 一陣東風掃曀霾，天容海色豁然開。何須更網珊瑚樹？只
> 讀韓碑也合來。（卷 12，頁 711）

此詩作于嘉熙四年（1240 年），人在廣州。

扶胥鎮在番禺縣東南三江口。

首二句寫天晴，用春風爲媒。

扶胥鎮有南海王廟，歷來致祭南海神於此，三句網珊瑚樹，不知是否與此有關。或指採珊瑚以爲商品。

此處有韓愈碑，四句言此。

二十八字寫天海寫珊瑚寫古石碑，不必另作黏合。

四十一、同題之二

> 暘谷扶桑指顧間，馮夷得得報平安。爲言博望乘槎至，莫
> 作師襄擊磬看。（同上）

乘槎一事，自唐諸詩人以來，皆以爲主角是張騫，其實騫本傳只說「漢使窮河源」。

又《孔子家語》載：「師襄子曰：『吾雖以擊磬爲官，然能於琴。』」

首句謂此處不免有滄海桑田之史實，一刹那間天地變化。二句以馮夷河神報平安示此處之安全。「得得」二字運來有聲有色。

三四句謂若有神人乘槎而至，並不是師襄擊磬。

四句用四典，悠然自得，亦奇詩也。

四十二、同題之三

> 前祭京師奉祝祠，尊嚴不比百神祠。台家今歲籌邊急，黃
> 帕封香已過時。（同上）

首二句末字皆用「祠」字，疑有訛誤，或者前句本爲「詞」字，姑存疑。

首二句謂此處之百神祠祭典莊嚴逾恆。

三句指時勢急迫，四句謂舊俗因而改易。

此詩稍涉曖昧，但大旨可察。

四十三、登城五首之五

郭外皆鯨浸，區中等蝗窠。若無西雁翅，客子奈愁何？（卷
12，頁726）

此詩作于嘉熙四年（1240年）。

此詩詠南越故城，漢平南越，改築番禺縣于郡南六十里，爲南海
郡治，號趙佗城，亦曰越城，在今龍灣、石壩之間。

首句謂郭外水大，疑有洪災。次句謂城中人多屋擠，比之蝗虫窩。
對仗甚工巧。

三句謂人無雁翼，四句謂遊客無可奈何，一時難以脫困也。

此詩連用三動物，末句始見人，亦奇。

四十四、送陳霆之官連州

郡接湖南境，孤城若箇邊。茅寮愁問宿，峽石善驚船。官
小無迎吏，詩工有續編。古人高妙處，不過覽山川。（卷13，
頁766）

此詩作于淳祐元年（1241年）。

連州，在四川省連縣西，唐代置。

陳霆爲淳祐十年方逢辰榜正奏名，永福人，爲人清謹能詩。他到
連州任何官，不可考，一定不是知州。

首二句約略介紹連州之地理位置及大概情況。

三四句茅屋、峽石，已見其地之特色。寫景簡約而清晰。

四句官小，五句詩好，相映爲趣，一起落實在主角的身上。

七、八句明說古人之詩，實勉陳霆以連州好山水作爲詩材。

一半寫連州，一半寫陳霆，是正規作法。

四十五、石塘感舊十首之三

沈郎院閉絲雲收，寂寞愁花折樹頭。留取斷絃來世續，此
生長抱百年愁。（卷16，頁948）

此詩約作于淳祐七年（1247年）家居時。

石塘即克莊外舅居處，克莊歸里，於淳祐七年初重到石塘，感念
亡姊，追悼妻兒，作此十詩。

沈郎院，太和初，沈亞之將赴邠，出長安城，客索泉邸宅，春時
晝夢入秦，尚秦公寡女弄玉，名其樓為翠微宮，人稱沈郎院。

首二句謂愛妻已死，秋花寂寞，館院淒涼。

三句謂此生不復續絃，待諸來世。

四句寫今世長愁，永不消歇。

首二句似寫景實抒情，後二句純抒情。

四十六、同題之七

三塋相望一牛鳴，來掃新松百感生。季札旋封丘哭墓，晉
人謬謂聖忘情。（卷16，頁949）

三塋指克莊之岳父、妻子、妻兄之三墳。其妻林節之墓在莆田壽
溪西側，林瑑墓在福清清元里福勝山，林公遇墓在清遠里翁陂山。

季札為吳王壽夢四子，賢而父欲立之，季札一讓再讓，後吳人立
僚，僚被刺，季札歸國乃哭僚墓。《世說新語·容止》引王戎語：「聖
人忘情。」

首句說至親三塋，次句寫掃墓，以「新松」代墓。

三句用季札典謂己來哭墓，四句駁斥王戎「聖人忘情」之說，季
札近聖，仍不免哀哭亡者，克莊非聖是賢，自亦不免臨墓一哭。

全詩用一實二典寫哭墓。

四十七、過建陽

里巷依稀人物改，橋邊感舊一銷魂。小童子已成鬒黑，時
寓公惟見子孫。氂矣千絲羞覽鏡，去之三紀尚攀轅。當時

　　手種花無數，問訊而今幾樹存？（卷 32，頁 1742～1743）

　　此詩作于景定三年（1262 年）九月，克莊乞引年納祿，理宗許之，遂自臨安歸莆田，經建寧府之建德縣所作。

　　首句懷舊，次句續之：里、巷、橋以代一切。

　　三、四句歷述有關人物。

　　五句自抒，六句回憶三十餘年前在此為官辭去時縣民不捨之狀。

　　七、八以花、樹感歎今昔之異。

　　首里巷終花樹，一城之憶完足矣。

四十八、春旱忽雨五絕之三

　　雨似黃流決，雲如墨汁翻。未言豐九扈，已覺飽千村。（卷 33，頁 1806）

　　此詩作于景定五年（1264 年）春家居時，寫莆田鄉下一景。

　　首二句實寫一事：旱中春雨，二喻俱樸實。

　　末二句具言此及時雨已使苦旱之鄉村飽受其惠，水足則糧足也。

四十九、小桃源

　　出山已不辨東西，新徑多岐失故蹊。源裏飄紅無雜樹，村中載白有遺黎。略加蒐識認來路，似有茅茨遙隔溪。太守漁郎兩癡絕，自迷豈解指人迷？（卷 45，頁 2333）

　　此詩作于咸淳四年（1268 年）居家時。

　　小桃源在莆田縣北四十里待賢里，有桃源村即是。五代末留從孝靜邊都在焉，遺址尚存。

　　首二句寫其徑路之易迷。

　　三句寫花樹，四句寫老人。

　　五句謂標誌路途，並及溪水茅屋。

　　七、八句用陶淵明〈桃花源記〉典，謂太守、漁人欲尋桃源舊路，盡屬癡人說夢。迷者自迷，如何示人？

　　全詩恍若重述古之桃花源。

以上四十九首詩，城市居多，鄉村略少，有以下五個特色：

一、寫景、抒情約略各半。

二、兼及風土人情氣候等。

三、稍多用典，偶亦用喻。

四、以白描見勝，間雜議論。

五、近體詩多，古體詩少。

第七章　道路旅途

一、武步道中

　　一路荒涼極，無端過此頻。官於鹽起稅，俗事盡爲神。暝
　　色初逢驛，溪聲只隔林。留題空滿壁，不見有詩人。(卷一，
　　頁 15）

此詩約作于開禧三年（1207 年）、嘉定元年（1208 年）之間。

武步鋪在長安北里。距府城東南九十里。

首二句約略介紹其地。

三句寫鹽稅，四句說巫蠱。

五句驛，六句溪與林。

七句有詩，八句無詩人。全是寫實和白描。

八句半寫景半記事。

二、浦城道中

　　才入仙霞路，重裘尚不支。居人收柏實，客子辦梅詩。地濕
　　然其坐，霜寒隔被知。向來眞錯計，不買草堂基。(卷一，
　　頁 16）

此詩與上詩作于同時。

浦城在建寧府東北三百三十三里。詩中之仙霞，指仙霞嶺，在浙
東江山縣一百里，南抵浦城。

首二句言仙霞嶺之高寒。

三句寫民俗，四句婉曲示梅姿。

五句燃萁，六句擁被，俱烘托寒意，上承一二。

七、八句似謂以前未買地自築房屋，至今悔住他人之宅，不得安棲。

全詩寫景亦抒情，歷歷落落。

三、客過

客過柴門歎寂寥，旋挑野菜拾風樵。無錢輟贈開衣笈，有
病來求探藥瓢。偶憩荒郊思種樹，每逢斷澗欲營橋。書生
一念終迂闊，猶閔蒼黔與肖翹。（卷四，頁 239）

此詩作于嘉定十四年（1221 年）。

首句寫過客之寂寞，次句寫挑菜拾柴。

三、四句寫生活中之衣藥。

五、六句鄉居欲種樹，須鋪橋。

七、八句抒書生－詩人本色，悲憫蒼生和植物（民胞物與也）。

肖翹，一種植物，翾飛之屬。

此詩抒寫一過客（應是克莊自己），在道路中偶憩有感。

四、郊行

一雨餞殘熱，忻然思杖藜。野田沙鸛立，古木廟鴉啼。失
僕行迷路，遇樵負過溪。獨遊吾有趣，何必問棲棲。（卷四，
頁 245）

此詩乃嘉定十四年（1221 年）所作。

首句之動詞「餞」，可謂句中眼，把雨和熱都擬人化了。

次句自抒。

三句寫鸛，四句詠鴉，二者相對而各具聲色。

五句失僕，六句遇樵，「負過溪」富有人情味。

七句抒獨遊之樂，八句謂何必問棲身之所。

寫景共三句，但五、六句寫人亦可視之為廣義之景。

五、野望

稍有西風起，孤筇挾自隨。名山多著寺，古木必爲祠。鳥過投林急，樵歸度嶂遲。相尋惟有月，搔首待移時。（卷四，頁 250）

此詩亦作于 1221 年。

首二句西風孤杖，正合「野望」題意。

三、四句實寫，但不免合掌之失。

五、六句以鳥配樵，一急一緩，煞是生色。

七、八句月待人、人待月，結得優雅。

六、崇化麻沙道中

經行愛此人煙好，面俯清溪背負山。半艇何妨呼渡去，小橋不礙負薪還。遠聞清磬來林杪，忽有朱欄出山間。此處安知無隱者，卜鄰容我設柴關。（卷五，頁 292）

此詩作于 1222 年，自建陽往邵武途中。

麻沙道，在建陽西五十里，崇化，在建陽至麻沙道上，在建陽西四十里。

首句破題，次句實述溪山。

半艇呼渡，小橋負薪，均爲佳景，而「何妨」、「不礙」二詞，使之更爲活潑。

五、六句一寫聲音之美，一詠顏色之韻。

七、八句思與高士共隱此間，與首句遙相呼應。

六景二情，首景亦含情。

七、湘潭道中即事之一

敗絮龍鍾擁病身，十分寒事在湘濱。若非野店黏官曆，不記今朝是立春。（卷五，頁 303）

此詩亦作于 1222 年。

湘潭，本爲湘南縣，隋屬衡州，唐元和後立此名。

首二句自抒,「十分寒事」可念。

三、四句偶悟今日是立春。野店官曆,異鄉風味十足。

八、同題之三

儺鼓鼕鼕匝廟門,可憐楚俗至今存。屈原章句無人誦,別
有山歌侑桂尊。(卷五,頁304)

此詩亦作于1222年。

儺鼓,前歲一日,擊鼓驅疫癘之鬼,謂之害除,亦曰儺。

首句寫儺鼓作之形狀。次句衍述之。

三句謂屈原歌詩已乏人誦諷,但桂酒之杯却伴着另一類山歌。

全詩寫當地風俗,集中于一事。

九、衡永道中之一

一舍常分作兩程,雪鞭雨袖少逢晴。平生不識終南逕,來
伴湖南堠子行。(卷五,頁310)

此詩亦作于1222年。

永、衡,指永州、衡州。

一舍,指三十里行程,此句謂三十里分作兩程,蓋因雨雪交加少
晴日也。

終南道,謂終南捷徑;湖南此行,却甚艱難,不容快速。堠子,
謂里程碑,與首句相呼應。

十、同題之二

過了衡陽雁北迴,鄉書迢遞託誰哉?嶽山石鼓皆辭去,惟
有湘江作伴來。(同上)

首句用多日雁到衡山北迴之典,次句巧說欲託鄉書于雁而不得。

嶽山即衡山,石鼓山在衡陽城北二里,蒸、湘合流其下,前有潭
溪,深不可測。

三四句說一路走過二山,只有湘江緊陪不捨。

全詩以景伴事,旅程即風景。

十一、出城之一

日日銅瓶插數枝，瓶空頗訝插來稀。出城忽見櫻桃熟，始
信無花可買歸。（卷五，頁 325）

此二詩亦作于 1222 年。

首二句說瓶花。

三句一轉──出城，櫻桃熟矣！

四句合：萬物皆熟，花已凋零矣。

是說花，亦是說出城之景。

十二、同題之二

小憩城西賣酒家，綠陰深處有啼鴉。主人歎息客來晚，謝
却酴醾一架花。（同上）

前二句說明地點，並加點染。

三句一轉：主人歎客來晚。

四句乃知究竟：酴醾花開春事了。

此詩與上詩所說者爲同一事，却用不同的布局和筆墨來寫照。

十三、郊行

薄有西風意，郊行得自娛。山晴全體出，樹老半身枯。林
轉亭方見，江侵路欲無。何妨橋纜斷，小艇故堪呼。（卷六，
頁 349）

此詩作于嘉定十六年（1223 年）。

首二句寫秋遊。

三到六句寫景：山、樹、亭、江、路。儼然是一幅完整的圖畫。
「全體出」、「亭方見」、「路欲無」尤其生新。

七句寫橋，八句說艇，配合得天衣無縫。秋意盎然。

十四、祁陽道中

昨過知岑寂，重來況雪天。人居雞柵裏，路在鳥巢邊。草
市開還閉，茅山斷復連。瀟江清似鏡，悔不問歸船。（卷六，

頁 381）

此詩亦作于 1223 年。

祁陽縣，在衡陽西南，城南對湘水，東臨白河。

首句謂昔日之經驗，次句寫今日之雪天。

三寫人居，四寫道路。雞、鳥、人合一也。

五句草市指鄉村之市場，六句草山實爲小岳山，故斷而復連。

七句寫瀟江清，用常喻。八句謂悔不雇船往返。

寫祁陽及其道路景況頗有立體感。

十五、湖南江西道中之二

賈生廢宅草芊芊，路出長沙一悵然。今日洛陽歸不得，招
魂合在楚江邊。（卷六，頁 384）

此詩亦作于 1223 年，本里居，出遊旅途中。

此句見賈誼故宅，以「草芊芊」三字形容之，頗能象徵誼之一生。

次句說地點及心情。

三句雙關：我與賈誼同然。

四句招魂追念。

首景末景中情。

十六、同題之三

少陵阻水詩難繼，子厚游山記絕工。斷壁殘圭零落錦，新
碑無數滿湘中。（同上）

首句憶子美晚年漂泊于湘，次句寫子厚貶謫于永州，作八記。

三句泛寫古跡，四句繼之，壁、圭、錦、碑，古意十足，感慨亦
在此中矣。

二句虛說，二句實寫。

十七、同題之五

蠻府參軍鬢髮蒼，自調欸乃答漁郎。從今詩律應超脫，新
吸瀟湘入肺腸。（卷六，頁 385）

首句自抒，次句與漁郎唱和。

三句一轉，由歌而詩，超脫乃遙應首句。

四句若吸瀟湘之水入腸，則詩亦變化生新矣。

景在情中。

十八、同題之六

　　丁男放犢草間嬉，少婦看蠶不畫眉。歲暮家家禾絹熟，萍
　　鄉風物似〈豳詩〉。（同上）

首句寫少男，放犢；次句寫少婦，看蠶，復以不畫眉寫出她們與
城市少女之不同。

禾、絹熟，衣食足，一幅鄉村怡樂圖。

萍鄉之景象，真似詩經國風之豳風，充滿鄉村氣息，歡樂景致。

四句皆寫景也──第四句總結耳。

十九、同題之八

　　茫茫衰草暮雲平，斗氣千年不復明。惟有多情篷上月，相
　　隨客子過豐城。（同上）

首句寫草（下）寫雲（上），次句謂斗牛之氣不復，暗喻此鄉光
景不如古昔。

三句說月多情，四句云月伴我於旅途。按豐城在隆興府南一百五
十里。

大自然與我合一。

二十、道傍梅花

　　風吹千片點征裘，猶記相逢在嶺頭。歲晚建州城外見，向
　　人似欲訴離愁。（卷六，頁391）

此詩亦作于1223年。

首二句謂嶺外梅花記憶猶深，今又見之，千片沾我裘衣。

三、四謂此時已屆歲暮，在建州城外，梅花多情，似訴離愁。

時地交錯表現，效果卓然。

二十一、懷安道中

閩溪瘴嶺客程賒，曉泊懷安喜近家。大屋書旗夸酒米，小
舟鳴艣競魚蝦。溪移驛已臨高岸，湖退帆多聚淺沙。快著
征衫鞭瘦馬，要看二十里梅花。（卷六，頁 392）

此詩亦作于 1223 年。

懷安，在福州北二十里。

首句寫這一程路的情況，次句寫出地點和心情。

三句寫酒米店家，四句詠捕魚小舟。

五、六句用二一四句式，有拗折感，驛、帆對峙，猶三四句。

末二句快馬加鞭，「二十里梅花」雅韻洋溢。

描寫懷安郊區水邊情景頗入神。

二十二、出都

客子來時臘雪飛，出城忽已試單衣。湖邊移店非無意，要
共林逋話別歸。（卷七，頁 413）

此詩作于嘉定十七年（1224）年春，入都改秩後出都歸去。

克莊上一年多天入都，故首句云「臘雪飛」。

次句離都時春來故試單衣。

三句似謂到湖邊住店，四句說要和古之隱士詩人林和靖告別。

其實林已作古二百餘年。

說節候以見心情。

二十三、路旁桃樹

為愛橋邊半樹斜，解衣貰酒隔橋家。唐人苦死無標致，只
識玄都觀裏花。（卷七，頁 417）

此詩亦作于 1224 年。

首句寫橋和樹，次句寫買酒。

三句一轉，引出唐代詩人劉禹錫來——看花只限玄都觀。

人間處處有鮮花，路傍郊外，無一例外。

二十四、馬上口占

　　陌上鞦韆索漸收，金鞭懶逐少年游。晚風細落梨花點，飛
　　上春衫總是愁。（同上）

　　此詩亦作于同年。

　　首句**鞦韆**收，暗喻人老懶憊。次句足成之。

　　三句寫梨花，是即景。

　　四句用拈連格化花為愁。

　　好一幅春光圖，却不免倚壯賣老。

二十五、橋西

　　昔飲橋西歲月多，梨花深處侍郎過。垂鞭欲訪溮裙約，奈
　　此蕭蕭鬢雪何？（卷七，頁419）

　　此詩亦作于1224年。

　　首句述往事，次句說與侍郎之友誼。「梨花深處」景而蘊情。

　　溮裙約，北齊寶泰母夢風雷暴起，若有雨狀。出庭觀之，見電光
奪目，駛雨霑灑，寢而驚汗，遂娠。期年而不產，大懼，有巫曰：「渡
河溮裙，產子必易。」便向水所，忽見一人曰：「當生貴子，可徙而
南。」泰母從之，俄而生泰。

　　三句用此典而變化之，謂往南訪老友侍郎也。四句謂己已老，不
能踐此約。

　　其實克莊才三十八歲！

二十六、同鄭君瑞出瀨溪即事十首之四（方孚若新阡）

　　昔結精廬在半崖，苔扉無主闔還開。近聞有虎為看守，應
　　是防閑俗子來。（卷七，頁442）

　　此詩亦作于1224年。

　　鄭君瑞，名燴。瀨溪在莆田縣西南文賦里，其泉合澗谷之水三百
六十。

　　首句謂鄭氏昔日結廬在山，次句描其廬之情狀。

三句虎守，四句補足其緣由。

四句詩把「精廬」之雅烘托出來了。

二十七、離郡五絕之三

昨日專城市，今朝失國人。乾坤如許大，無地著孤臣。（卷
10，頁 626）

此詩作于端平三年（1236 年）秋，克莊先自樞密院編修官任上
罷歸，後爲袁州太守，此時又罷歸。

首句述前任袁州知府職，次句言今已罷官。

三句說天地之大，四句謂自己無地容身。

失落之感，至深至重。

二十八、龍溪道中

曠土茫茫無主名，朱門惟恐籍分明。老農猶記淳熙事，太
息文公志未行。（卷 12，頁 692）

此詩作于嘉熙三年（1239 年）入廣州途中。

龍溪，在漳州府，倚其郭。

朱熹於光宗即位後知漳州，紹興元年四月到郡，會臣僚有請于
泉、漳、汀三州實行經界，與朱子意合，遂于此年八月條上，是多，
有旨漳州先措置施行。明年二月，朱子喪長子塾，三月奉祠經理喪事，
漳州經界終未得經行。此詩即詠此事。

首句詠曠土無涯，名籍不詳。次句謂豪門皆不願把經界標誌清楚。

三四句懷想淳祐、紹熙間的往事，可惜朱子未能如願。

此詩詠史重于寫景。

二十九、潮惠道中

春深絕不見妍華，極目黃茅際白沙。幾樹半天紅似染，居
人云是木綿花。（卷 12，頁 699）

此詩亦作于 1239 年。

潮惠道中，自潮州赴惠州，蓋自潮州揭陽縣到惠州海豐縣：揭陽在海陽縣西，海豐則在惠州東。

晉嵇含《南方草木狀》云：「芒茅枯時，瘴疫大作，交、廣皆爾也。土人呼日黃茅瘴，又日黃芒瘴。」木棉花，大可合抱，高者數丈，葉如香樟，花瓣極厚，一條五六葉。正二月開大紅花如山茶，而蕊黃色，結子如酒盃。老則坼裂，有絮茸茸，與蘆花相似。花開時無葉，花落後半月始有新綠。土人取其絮作裀褥，女工不能治。

首二句寫黃茅，以白沙烘染之。不見妍華，亦屬真實景象。

但三句突地一轉：紅花如染！恰與首二句對峙。

四句輕輕鬆鬆交代此爲木棉花。

四句二十八字，頗見張力。

三個顏色，兩種情調。

三十、循梅路口四首之一

贛客紛紛露刃過，斷無儆吏敢譏訶。身今自是牢盆長，較爾能賢得幾何？（卷 12，頁 700）

此詩亦作于 1239 年。

循梅路口，克莊自揭陽西行，揭陽北有梅州、循州，所謂循梅路口，指二州南境之接壤處。

牢盆，煑鹽用器具，克莊時爲廣東提舉常平茶鹽公事官，故自稱牢盆長。贛客露刃，指江西私鹽販子自行組織，以武力自衛。

首二句寫私鹽販子之囂張，次句頗有譏諷意。

三、四句則頗有自嘲意。蓋此官殊不易爲也。

三十一、同題之二

導吏倉忙乞調兵，未應機動遣鷗驚。傳聞老子單車至，慚愧偷兒讓路行。（同上）

導吏指廣東常平司前來迎接長吏之隨從。

首句乞調兵，次句謂不宜打草驚蛇。「驚鷗」較「驚蛇」爲雅。

三、四句謂私鹽販子們見主管長官到達，不得不避開他。

此詩密接上詩之詩意。

三十二、同題之三

鈔法如弓未愈張，可堪於此更求詳？只應新執牙籌者，拾
得研桑肘後方。（同上）

鈔法，兩宋之制，諸路多實行鈔鹽法，令客商買鈔售鹽。而兩廣
僅部分實行鈔鹽法。

研桑，研又稱計研，古之善計者，桑，桑弘羊。

首二句檢討鈔鹽法，用如弓之喻頗為恰切。

三、四句建議當政者效法古代計研、桑弘羊的方法，慎重從事。

三十三、同題之四

三十年來邊宿兵，大農無計飽連營。元來有箇浮鹽策，南
渡諸賢來講明。（同上）

浮鹽策，謂鹽戶小額售鹽，二十斤至三十斤為浮鹽。

首二句言農夫難以應付宿兵之需求。

三、四句說有個良好的浮鹽法，可惜近代前賢未仔細說明其細節。

前二句與後二句之間的關係似弛似密。

三十四、將至海豐

漁鹽舊俗慣恬熙，兵火新民脫亂離。石路樹陰三十里，今
猶髣髴太平時。（卷 12，頁 704）

此詩亦作于 1239 年，赴廣途中。

海豐，在惠州東三百里。

首二句又由漁鹽之利說起，總述當地昇平氣象。

三句寫景：石路、樹陰，簡明平易。

四句用一「髣髴」，其意旨實有所保留。

將至未至，已見端倪。

以上三十四首道路旅途詩，約有以下五個特色：

一、白描多於比興。

二、稍多用典，較少用喻。

三、幾乎都是近體詩，絕句尤多，七絕為主。

四、多為親切自然的小品。

五、有時就史論事，有時借題發揮，反而淹沒了當地景致。

總結語

以上七章，共計四首八十八首詩，綜合起來，有以下二十個特色：

一、以寫景為主，抒情、議論為輔。

二、亦有不少喧賓奪主者。

三、少數作品題為寫景，實為抒情、記事甚至議論的作品。

四、近體詩多於古體詩，律詩又稍多於絕句。

五、偶有排律，但尚稱自然有度。

六、甚少長篇鉅製。

七、多用白描，有些是直述直抒。

八、少用比興，但亦有尖新的比喻。

九、多用比較法，烘襯法。時用擬人法及時空交錯法。

十、亦有景外有情、言外有意之作。

十一、以南方之景為主，偶有例外，如詠開封。

十二、有時用第一人稱，有時用第三人稱作法。

十三、著墨淡者多於濃者。

十四、工麗、平淡之作皆具，較少豪放者。

十五、有時展現作者的幽默感。

十六、有時自負，有時自嘲，有時謙虛。

十七、佳者皆能人景合一。

十八、多為中上品作品，亦有若干上品作。

十九、鮮見軍人氣概，多是書生風格。

二十、有時用口語吟詩。